Histórias do
Dr. SILVANO

CIP-BRASIL. CATALOGAÇÃO NA PUBLICAÇÃO
SINDICATO NACIONAL DOS EDITORES DE LIVROS, RJ

C33h

Casagrande, Enio
    Histórias do Dr. Silvano : entre outras / Enio Casagrande. – 1. ed. – Porto Alegre [RS] : AGE, 2023.
    182 p. ; 14x21 cm.

    ISBN 978-65-5863-233-7
    ISBN E-BOOK 978-65-5863-231-3

    1. Contos brasileiros. I. Título.

23-86032

CDD: 869.3
CDU: 82-34(81)

Camila Donis Hartmann – Bibliotecária – CRB-7/6472

Enio Casagrande

Histórias do Dr. SILVANO
entre outras

Editora AGE

PORTO ALEGRE, 2023

© Enio Casagrande, 2023

Capa:
Nathalia Real,
utilizando imagem do Freepik

Diagramação:
Nathalia Real

Supervisão editorial:
Paulo Flávio Ledur

Editoração eletrônica:
Ledur Serviços Editoriais Ltda.

Reservados todos os direitos de publicação à
LEDUR SERVIÇOS EDITORIAIS LTDA.
editoraage@editoraage.com.br
Rua Valparaíso, 285 – Bairro Jardim Botânico
90690-300 – Porto Alegre, RS, Brasil
Fone: (51) 3223-9385 | Whats: (51) 99151-0311
vendas@editoraage.com.br
www.editoraage.com.br

Impresso no Brasil / Printed in Brazil

PREFÁCIO

Crônicas leves e divertidas brotadas da vivência do autor e, portanto, inspiradas em realidades passadas como médico e cidadão gaúcho, conferem especial sabor ao livro. Os prefácios geralmente discorrem sobre o currículo de vida do autor, mas eu dispensarei essa formalidade, porque na orelha do livro encontram-se as múltiplas e elogiáveis qualidades e credenciais do Enio Casagrande. Conheço-as todas – fomos colegas de hospital – e vivenciei muitos dos bons momentos conquistados e adicionados ao seu extenso currículo.

Quando se fala em crônicas médicas, ainda mais escritas por um médico, logo nos vem a sensação de que o cofre das tragédias e tristezas se abrirá, e inevitavelmente sofreremos com a desgraça alheia nas páginas que se seguem. Imaginamos, no mínimo, textos pesados e rebuscados montados em jargões científicos (no *idioma médico*), que supostamente servirão para solenizar a dureza do trabalho médico, as tragédias humanas causadas por doenças implacáveis, as chagas das noites de plantão, as repetidas e insossas comidas de hospital, e tantas outras, que os caros leitores, muitos deles médicos, com certeza imaginarão. Por outro lado, alguns autores inserem densos textos enaltecendo grandes acertos, quixotescas batalhas para salvar vidas e extensos dados autobiográficos, que acabam por gerar monotonia e desmotivam a continuidade da leitura.

Dito isso, caro leitor, quero advertir que você está prestes a explorar um outro tipo de escrita e leitura, onde a dor e o riso não são inimigos e até formam uma divertida dupla, ocasionalmente, graças à magia das palavras e das situações relatadas em cada crônica. Você será conduzido a textos objetivos, de escrita cativante, relatos e histórias curtas e precisas, e perceberá que o *quadro da dor* pode realmente ser amenizado e tornado leve e divertido, sem contudo se afastar dos pressupostos éticos, técnicos, morais, ou o que você mais queira exigir de um médico. Vale ressaltar que alguns textos e situações são frutos da imaginação do Enio; outros são reais, ele as vivenciou, e agora nos presenteia em um livro de contos e crônicas. Perdoe-me, mas não vou adiantar seu conteúdo, para não tirar o encanto que você mesmo encontrará ao ler.

Só mais uma recomendação: leve em conta que você não conseguirá conter o ritmo de leitura, e devorará o livro como se fosse um cachorro-quente do Rosário. Vai se encantar, degustar, se alegrar e se babar de tanto rir.

Finalmente, fico feliz ao constatar que o Enio se destravou nesta obra, e isso promete. Desejo que o sucesso merecido o estimule a mais e mais construções literárias e lançamentos. Cumprimentos ao Enio e a você, leitor, pela acertada escolha. Boa leitura.

José Dario Frota Filho
Médico, cirurgião cardiovascular,
Hospital São Francisco, de Porto Alegre.

APRESENTAÇÃO

Ainda jovem eu gostava de escrever crônicas, contos, histórias engraçadas e alguns poemas para as namoradas. Num tempo em que não existia Internet, escrevia e recebia muitas cartas das meninas com quem me relacionava no interior do Rio Grande do Sul e mesmo fora do Estado, e isso me fez aperfeiçoar o estilo.

Os textos que compõem este livro foram escritos ao longo dos anos e guardados em arquivos para um dia talvez publicá-los, o que está ocorrendo agora.

Alguns textos são artigos médicos escritos e publicados em jornais da capital e do interior do Estado.

O Dr. Silvano do título deste livro é um personagem imaginário criado pelo autor para poder contar histórias fictícias ou baseadas nas suas vivências. Entretanto, qualquer semelhança do Dr. Silvano com pessoas ou fatos reais não vividos ou não criados pelo autor é mera coincidência.

Boa leitura.

Enio Casagrande

SUMÁRIO

Minha história no Hospital Moinhos de Vento............ 11

Velejar é uma aventura 13

O infarto do Dr. Silvano 18

O amor depois dos setenta 24

Trilha sonora para a vida 31

Olha o raio! 42

Remédios 44

Um homem e seus cigarros 46

A tartaruga e o exercício físico 48

Surrealismo 51

Proxeneta 54

O prolixo 56

Ovo em sela de cavalo 62

O professor de forró 63

O Dr. Silvano na cadeira do dentista 66

Coração sufocado 68

Histórias de futebol 71

O Dr. Silvano e as bolas de chumbo 75

Márcio e Luíza 77

A natureza morta 79

O espírito da tia Lurdes 82

Outra da tia Lurdes 86

O bixo de pé 88
A galinha preta 91
A piscadela 95
O assalto na rua Buenos Aires 96
O surto de diarreia nas minas de carvão 98
A cascata "no rins" 104
O general de grandes batalhas 108
A espingarda de caçar lebre 110
A espingarda do delegado 113
Mais remédios 116
Eu consigo parar 118
Coração despoluído 120
Coração e obesidade 123
Eu sou 12 x 8 126
Junte-se aos Corações Saudáveis 129
Não fume perto de nós 132
O coração ideal 134
O coração, este amigo do peito 137
O golpe do chorão 140
A saga de Santa Cruz de Los Moinhos 145

MINHA HISTÓRIA NO HOSPITAL MOINHOS DE VENTO

Comecei trabalhando como plantonista no Centro de Tratamento Intensivo em 1975, Chefe do CTI em 1979, Coordenador do Corpo Clínico de 1982 a 1992, Superintendente Técnico (Médico) de 1992 a 1998. Após deixar a função administrativa, passei a comandar o Serviço de Checkup desde aquela data até 2022. Uma longa e profícua carreira nesta casa.

Muitos projetos sob minha coordenação, visando à modernização e à atualização do Hospital: nos anos oitenta, a reforma do Centro Obstétrico e a criação do Centro de Neonatologia. Nos anos noventa, a inauguração de um moderno Centro de Tratamento Intensivo Adulto e de um Centro de Tratamento Intensivo Pediátrico (após visitar centros importantes na Europa e nos USA). A terceira Ressonância Magnética do Brasil (só havia duas, uma no HIA Einstein e outra na Beneficência Portuguesa, ambas em São Paulo) foi trazida por mim após conhecer esses equipamentos nas fábricas da Phillips Medical Systems (Holanda), Siemens (Alemanha) e GE (USA), esta última sendo a nossa opção pelas condições mais favoráveis oferecidas. Junto trouxemos um tomógrafo de corpo inteiro (só se fazia CT Cerebral em Porto Alegre) e um equipamento de angiografia digital, o primeiro do país. A seguir, veio o projeto de um centro de câncer. Até então Porto Alegre contava com hospitais onde se fazia quimioterapia e serviços onde se fazia Radioterapia, ambos isoladamente. Após muita pesquisa em bibliografia especializada, comecei a entender o conceito de um "Comprehensive Cancer Center", onde todo o manejo dessa doença, desde o diagnóstico, tratamento com QT e RT e todos os recursos para apoio ao paciente se concentrassem em um único local. Novamente fui buscar inspiração nos grandes centros da Europa e dos USA, chegando aqui com uma ideia clara de como seria um Centro desses. Deixei o projeto encaminhado ao término do meu período de gestão, e hoje temos um magnífico serviço destinado ao tratamento dessa moléstia. Muito mais haveria o que contar, mas algo que particularmente me orgulha foi o lançamento do livro *Manual de Rotinas Médicas em Terapia Intensiva*, em outubro de 1997, do qual fui o principal editor, sucesso no país inteiro e referência para o nosso CTI e UTIs espalhadas por todo o país.

VELEJAR É UMA AVENTURA

Eu tenho duas frases que traduzem bem o prazer de velejar:

You don't stop sailing when you get old, you get old when you stop sailing.

"Para efeito da idade, o tempo em que passamos velejando não é computado".

Eu comecei a velejar em 1979, por influência de um grande velejador, Boris Ostergreen. Ele atendia numa loja náutica defronte ao Planetário de Porto Alegre e eu fui lá comprar um bote a motor. Ele perguntou:

— Para quê um bote a motor?

— Para passear no Guaíba, falei.

Ao que ele retrucou:

— Se quiseres passear e ter prazer na água, compra uma prancha de *windsurf* (o *windsurf* recém havia chegado a Porto Alegre, era novidade). E após muita conversa com esse velejador experiente e calejado, saí de lá com uma prancha de *windsurf*.

Depois de alguns tombos no rio Guaíba e no saco de Tapes, onde eu tinha meus primos, acabei dominando essa modalidade de lazer. E velejei muito pelo rio Guaíba, no saco de Tapes e nas águas de Santa Catarina, Jurerê e Ingleses principalmente. Comprei um coletezinho salva-vidas de criança, colocava no Marcelo, então com 3-4 anos; ele se deitava na popa da prancha e passeávamos pelas águas da praia dos Ingleses, em Florianópolis. Hoje tenho um equipamento de *windsurf* mais leve e moderno na Barra de Ibiraquera, que utilizo para meu lazer na lagoa.

Em 1982, decidi que queria velejar sentado. Então comprei um pequeno veleiro, O'Day 12 pés (cerca de 4 m de comprimento). Velejei muito nesse barco, principalmente na praia dos Ingleses.

Em 1985, veio o Plano Cruzado e sobrou dinheiro. Então decidi que queria ter um barco com cabine, onde eu pudesse dormir e cozinhar. Comprei um veleiro O'Day 23 (cerca de 7 metros) com pia, geladeira, fogão 2 bocas e um pequeno cubículo com vaso sanitário. Tinha o sistema patilhão-bolina, que me permitia velejar em águas pouco profundas, bastando para isso recolher a bolina para dentro do patilhão.

Pensando em um nome, minha esposa sugeriu:

— Por que não Ventaral? (*ventaral* era a expressão que meu filho usava para se referir aos temporais com vento):
— Pai, puxa, que ventaral, hein?
E assim foi batizado o meu barco cabinado. Nele eu velejava pelo rio Guaíba. E, pela primeira vez entrei velejando na Lagoa dos Patos, em idas a Tapes por água. São aproximadamente 60 milhas náuticas (cerca de 100 km) que se percorre velejando em 12 horas sem parar ou, no meu caso, em cerca de 20 a 24 horas, com um pernoite na Praia do Sítio, em Itapoá, perto do farol de mesmo nome, na saída para a lagoa. O Ventaral também me levou a conhecer a Lagoa do Casamento, famosa pela travessia de Giuseppe Garibaldi com os Farrapos.

O Ventaral ficou 12 anos comigo, e me deu muitas alegrias. Certa vez o coloquei em cima de um caminhão especializado em transporte de barcos e o descarreguei no Clube Veleiros da Ilha, em Florianópolis (Iate Clube de Santa Catarina), com ajuda de sócios muito gentis do local. De lá tive a companhia do amigo e colega Paulo Horta Barbosa e mais um amigo de Porto Alegre, Derli Rodrigues, para velejar com o barco até a Praia do Canto Grande, na Baía de Zimbros, onde aluguei uma casa. O barco ficou em uma poita durante três meses e por lá eu velejei muito. Depois, foi necessário fazer o caminho inverso, navegar com o Ventaral até o Iate Clube de Santa Catarina, colocá-lo no caminhão dos Transportes Camassola e transportá-lo para Porto Alegre.

O Ventaral só tinha um problema, que era o pé-direito baixo (1,60 m). Quando a gente ficava muito tempo a bordo, tinha que permanecer com a cabeça baixa encostando no teto e no final da velejada já estava com dor no pescoço.

Então, em 1997 decidi que queria um barco com pé-direito alto e saí à procura de veleiros com essa característica. Encontrei um veleiro de madeira, 32 pés (cerca de 10 m) muito bonito por dentro, amplo e espaçoso, com pé-direito de 1,90 m. Tinha fogão de três bocas com forno, geladeira, banheiro com vaso de esgotamento manual, além de equipamentos eletrônicos, como piloto automático, radar, GPS e rádio de comunicação náutica. E assim como o Ventaral, tinha o sistema de patilhão-bolina, ideal para navegar no Guaíba e em águas pouco profundas, pois calava 85 cm com a bolina recolhida e até 1,85 m com a bolina abaixada. O nome desse barco era St. Thomas, que mantive comigo.

O St. Thomas permanece até hoje comigo. E hoje faz parte da família. Entrei em todos os recantos do Guaíba com ele, subi o rio Jacuí até a Ponta Rasa, onde minha irmã tinha uma casa, desci a Lagoa dos Patos até Tapes, conheci o Porto do Barquinho, em Mostardas. E muitas vezes pernoitei em recantos lindos do Guaíba, como a Chaminé, o Arroio Araçá, a Praia do Sítio e a Marina de Itapuã.

O St. Thomas se transformou em sala de estar para os meus amigos. Frequentemente convido alguém para um passeio pelas águas do Guaíba, acompanhado da Liane, minha atual esposa; ver a cidade de uma outra perspectiva é sempre encantador. Acompanhado de um bom vinho e alguns quitutes. Sem exceções, ao navegarem no St. Thomas, as pessoas referem uma sensação de acolhimento e paz interior, e um sentimento de liberdade, pouco usual para quem vive restrito as suas casas ou ao asfalto da cidade.

E eu me sinto gratificado por possuir uma opção de lazer como o meu barco.

O INFARTO DO DR. SILVANO

Anos oitenta. O hospital tinha dois médicos de plantão por turno: o plantão geral, que percorria todas as unidades nos seus três andares e também era o responsável pela sala de recuperação pós-anestésica; e o plantão do Centro de Tratamento Intensivo (CTI), que ficava restrito a essa unidade.

Quando havia alguma emergência no andar, o plantão geral atendia e, se necessário, acionava o plantão do CTI. Se a situação fosse muito grave, o paciente era levado diretamente para o CTI.

E assim ocorreu em uma tarde que se desenhava tranquila e sonolenta no hospital. O plantão do CTI recebe um telefonema:

– Enio, aqui é o Jarcedi, plantão geral. Estou levando um edema agudo para o CTI. É sério, acho que infartou.

– Manda vir, falei. E a seguir avisei toda a equipe de enfermagem do que estava por acontecer. – Deixem as portas abertas para o pessoal do andar, é uma emergência, provável edema agudo com infarto.

Em uma fração de tempo adentra no CTI um séquito, a cama com o paciente arroxeado e semi-inconsciente, respiração estertorosa, o colega do plantão geral segurando a máscara e o balão do ambu, as enfermeiras do andar segurando o tubo de oxigênio e os frascos de soro, perguntando para onde levar o paciente, as enfermeiras do CTI recebendo o paciente e apontando o local, e faz menção de entrar a esposa do paciente.

Eu: – A senhora espera aí do lado de fora.

Ela: – Não, senhor. Eu sou esposa de médico (ele era médico) e vou entrar junto.

Eu não ia discutir com aquela senhora numa hora dessas, então falei:

– Ok, fique ali naquele lugar, apontando para um canto da sala. O que ela evidentemente não fez.

Iniciamos a batalha para salvar aquela vida, e minhas ordens eram repetidas pela esposa do paciente, feito um imediato de navio:

– Conecta o oxigênio!
– Conecta o oxigênio! – gritava a mulher.
– Peguem uma veia!
E Ela: – Peguem uma veiaaaa!
– Pega uma veia! – ordenava a enfermeira-chefe.
– Lasix!
– Lasix! – gritava a mulher.
– Faz o lasix! – ordenava a enfermeira-chefe.
– Morfina, prepara a morfina!
– Morfinaaaa, morfinaaaa! – gritava a esposa!
E a enfermeira: – Faz a morfina!

A situação era muito grave mesmo, e eu comecei a me preocupar com a possibilidade de perder o paciente, então falei:

– Vou entubar, prepara o tubo, traz o laringoscópio, entubo ele sentado mesmo, vou por trás do leito, vê a escadinha! (ele estava sendo atendido sentado no leito por causa do edema agudo).

Eu então decidi entubá-lo sentado mesmo, por trás do leito e, para isso, precisava da escadinha para ficar mais alto).

A mulher: – Prepara o tubo na escada, o doutor vai sentar na escadinha atrás do leito, vai entubar o laringoscópio.

A essas alturas, a mulher estava desatinada, enlouquecendo a equipe e o CTI inteiro. O meu sangue italiano começou a sobrepujar o meu sangue alemão, até que começou a fervilhar; então explodi e gritei com ela:
– Fora! Fora daqui! Saia agora já!

Ela levou um susto, calou-se e saiu de cabeça baixa dizendo:
– Desculpa, doutor – para meu alívio –, pois cheguei a imaginar que teríamos um terrível bate-boca.

Paciente entubado, respirador ligado e funcionando, situação aos poucos sendo controlada, com a calma voltando ao CTI. Um eletrocardiograma revelou a causa do edema agudo: o paciente havia tido um infarto extenso.

O Doutor Silvano sobreviveu e foi extubado, voltando a respirar normalmente.

Dia seguinte, eu chegando ao plantão, a enfermeira-chefe entra e fala:

– Doutor, o Doutor Silvano, aquele do edema agudo de ontem, quer falar com o senhor.

Fui até o leito do paciente e cumprimentei-o:
– Doutor Silvano, que prazer vê-lo tão bem depois das turbulências de ontem. Às suas ordens!
– Doutor Enio, lhe chamei aqui porque quero cumprimentá-lo e agradecer pela sua atuação ontem.
– Ora, Doutor Silvano, faz parte do nosso trabalho, o senhor não precisa agradecer nada.
– Doutor, vocês salvaram a minha vida. Mas o que quero é cumprimentá-lo pela atitude que teve com a minha mulher, expulsando-a do CTI. E também peço-lhe desculpas pelos desatinos dela.
– Doutor Silvano, eu é que tenho que me desculpar com a sua esposa, eu fui muito rude com ela.

Ao que ele, já meio alterado, retrucou:
– De maneira nenhuma! Não se desculpe, doutor. Eu sou casado há mais de quarenta anos com essa megera, eu sei a mulher que tenho. Ela mais do que mereceu ser enxotada daqui como o senhor fez.

Com aquela manifestação, achei melhor me calar, pois o assunto não ia melhorar. E eu também não estava entendendo muito o porquê da brabeza dele com a esposa.

Foi então que ele me puxou mais para perto e falou quase sussurrando:
– A propósito, eu queria lhe pedir uma pequena gentileza... tem uma pessoa que precisaria entrar

aqui fora do horário de visitas, e eu queria que o senhor permitisse, fazendo-me este pequeno favor. Esteja certo de que eu vou melhorar muito com essa visita.

Eu acho que fiquei um pouco corado, mas logo perguntei:
— E como é o nome dessa pessoa, doutor Silvano?
— É Vera, doutor. Verinha para os íntimos.

Nos dias que se seguiram, a Verinha – uma loirinha linda, de cabelos cacheados e olhos azuis – chegava pontualmente às duas da tarde e saía às três, pois o horário *oficial* das visitas se iniciava às três e meia. Ficavam os dois de mãozinhas dadas, ele feliz da vida. Ela me olhava e dizia dengosa:
— Doutor, o senhor é um amor!

E ele:
— O senhor não imagina o bem que isso está me fazendo, doutor!

O Dr. Silvano recuperou-se e foi para casa. Nunca fiquei sabendo das suas aventuras nem da Verinha, a loirinha que ajudou a restaurar a sua saúde.

Mas, um ano depois, eu estava de plantão no CTI quando a Shwester Leopoldina, chefe da enfermagem, me avisou:
— Doutor, lembra daquela velha que o senhor expulsou do CTI no ano passado? Logo lembrei; como esquecer daquele episódio?
— Ela está aí fora, quer falar com o senhor!

Eu gelei, fiquei preocupado e pensando: "Mas um ano depois ela vem aqui me procurar? Ela quer vingança, deve estar com raiva acumulada!". Vou ter que falar com ela com muito jeito...

Abri a porta da salinha de espera. A senhora me esperava com uma bela bandeja de torta nas mãos. Eu perguntei, ainda meio desconfiado:
– Que prazer ver a senhora aqui! A que devemos a sua visita?

Ela largou a bandeja sobre a mesa e falou:
– Doutor, nós somos muito gratos a toda a equipe do CTI por terem salvo a vida do Silvano. Estamos aqui porque nasceu nossa primeira netinha. E queríamos compartilhar este momento com vocês. Por isso estou trazendo esse pequeno mimo para o senhor e sua equipe.

Completamente surpreso e emocionado, agradeci a ela. Despedimo-nos. Desejei muitas felicidades ao casal e a sua netinha.

Voltei para dentro do CTI com a torta nas mãos e contei para a Schwester Leopoldina e toda a equipe o que acontecera.

Ao que a Schwester observou:
– Eu não como essa torta. Ela deve ter posto veneno aí!

Comemos e nos deliciamos com o delicado presente da esposa do Dr. Silvano.

E esta história ficou para ser contada mais de trinta anos depois de ter acontecido.

O AMOR DEPOIS DOS SETENTA

A Festa do Vinho era um evento anual que ocorria no Parque de Exposições do Menino Deus nos anos setenta. Naquele ano um amigo, Ronaldo, e meu irmão Daniel me entusiasmaram a acompanhá-los, porque na noite anterior tinham conhecido umas *gringuinhas* de Bento Gonçalves e que valia a pena eu ir. Lá fomos nós. Sentamo-nos em uma mesa próxima à das meninas e ficamos por ali bebericando cálices de vinho. Na nossa mesa estavam vários amigos e outros nem tanto. Um deles gabava-se da condição de conquistador e prometia *pegar* uma das meninas da outra mesa.

Uma loirinha muito bonitinha levantou-se e foi até o balcão pegar mais uma taça de vinho. Foi quando o conquistador, já cambaleante (havia exagerado no vinho), aproximou-se dela e iniciou a *cantada*, elogiando sua beleza, dizendo-se fotógrafo e oferecendo-se para fotografá-la (evidentemente sem roupas, etc.). À distância observávamos. O desconforto da menina era visível por causa daquela abordagem, que estava se tornando inconveniente.

Decidi interferir, até porque eu estava interessado nela. Aproximei-me e perguntei baixinho se o sujeito não a estava incomodando. Ela me olhou como quem pensa que eu era mais um desagradável daquela turma, mas insisti, com a máxima educação, que ela me acompanhasse até a mesa e convidasse suas amigas para se juntarem a nós. Ela aceitou, ainda com alguma reserva, mas convidou as amigas, e o resto da noite foi divertido e alegre. O nome dela: Maria Lúcia. Daquela mesa saíram dois casamentos: o meu com Maria Lúcia e o do Ronaldo com a Vera Lúcia.

Ah, e o conquistador? Sumiu, desapontado com a sua performance.

Do casamento tivemos um casal de filhos: Marcelo e Juliana, e dois netos gêmeos do Marcelo, e vivemos a aventura da vida durante longos anos. Até que um câncer atingiu Maria Lúcia e, ao cabo de 47 anos juntos, ela nos deixou. Perdi a minha companheira de vida, virei viúvo aos 74 anos e passei a tentar me acostumar à solidão.

Liane era minha colega de turma na faculdade. Formamo-nos na então Faculdade Católica de Medicina de Porto Alegre em 1972. Desde o primeiro ano da faculdade, Liane chamava atenção pela sua beleza e personalidade. Lembro que tivemos um churrasco dos alunos do primeiro ano, que aconteceu no Morro do Sabiá, em Ipanema, Porto Alegre. Todo mundo curtindo as novas caras e os novos amigos. O José Blaya sentou-se ao lado da Liane e no meio de uma discussão com ela chamou-a de *merdinha*. Ela não se fez esperar e lhe desferiu um sonoro tapa no rosto, ao que ele retrucou com algumas palavras em surdina, dizendo: "Vou te poupar de um beijo". Ela baixou a cabeça e saiu de fininho de perto dele. Esse episódio resultou que começaram a namorar, *affair* que se estendeu por todo o curso de Medicina, e no quinto ano se casaram.

Liane e Zeca, como era chamado, tiveram três filhos: Patrícia, Carolina e Rodrigo, e seis netos. Zeca era fumante pesado e acabou sucumbindo a um câncer de pulmão aos 36 anos de casados. Liane manteve-se viúva pelos próximos anos da sua vida, e, com muita coragem e determinação, criou seus filhos, dando-lhes muito amor. São todos médicos, como a mãe e o pai.

Todos os anos, por volta do dia 2 de dezembro – data da nossa formatura –, reunimo-nos para celebrar o evento. No início quase todos participávamos (éramos 100 alunos), mas com o passar dos anos esse número foi se reduzindo, resumindo-se aos amigos mais próximos da turma. Temos um grupo de WhatsApp para trocar comunicações. Os encontros já foram realizados em diversos lugares, como Gramado, Canela, restaurantes de Porto Alegre, Sociedade Germânia, Plaza Itapema, entre outros.

No ano de 2019 decidimos fazer o encontro na terra do colega Moacir Castelo Branco, São Francisco de Paula, onde ele havia sido prefeito. Sendo um grupo pequeno (éramos em torno de 15 colegas), aluguei uma van para que pudéssemos ir e vir sem a preocupação com direção e bebida alcoólica – o Castelo nos prometera bons vinhos.

O encontro ocorreu no Parador Hampel, num sábado frio e chuvoso. Eu de olho na Liane. Na hora da escolha dos vinhos, a turma me escalou para a tarefa. Então convidei a Liane para me ajudar, e ela aceitou. Interpretei isso como uma abertura aos meu interesse por ela.

Durante o almoço, como sempre, muitas histórias da faculdade, lembranças divertidas e de colegas que já haviam partido.

No retorno a Porto Alegre nos despedimos, mas eu passei o braço sobre os ombros da Liane e sussurrei: "Se eu te convidar para um cinema, tu topas?", ao que ela respondeu afirmativamente, mas ressalvando que era "para um cinema".

Passou-se um mês, fui para minha casa na praia: Barra de Ibiraquera (SC), e começamos a trocar mensagens. Aos poucos, o clima foi se aquecendo com frases do tipo: "Já estou sentindo saudades", de lado a lado, e em janeiro nos reencontramos e começamos a sair juntos.

A Liane tinha uma viagem planejada, junto com a amiga Ilita Patrício, para a Cidade do Panamá e New Orleans, e me perguntou se eu não gostaria de acompanhá-la, que ela hoje classifica como proposta audaciosa. Eu não perdi tempo: pedi a ela que me informasse os voos e os hotéis dos destinos, e fiquei até as três horas da manhã buscando me incluir no programa, no que obtive sucesso.

A viagem foi ótima e acabou sendo a nossa primeira lua de mel. A Cidade do Panamá é encantadora e a visita ao Canal do Panamá é impressionante. Eu já conhecia New Orleans, mas desta vez fomos visitar a cidade durante o carnaval, na famosa *Mardi Gras* ou terça-feira gorda.

Com a pandemia da Covid-19 e o fechamento dos consultórios, convidei a Liane para passarmos dois meses na Barra de Ibiraquera, no que apelidamos de "o amor nos tempos da Covid". Nesse período ensinei a Liane a remar na prancha de Stand Up e compramos uma para ela. Saíamos para longas remadas na Lagoa de Ibiraquera, e a Liane adquiriu rapidamente a habilidade e o equilíbrio para se manter sobre a prancha.

Voltando para Porto Alegre, bingo! Ambos tivemos Covid-19, mas afortunadamente nenhum dos dois necessitou de hospitalização. A vida continuou, e convidei a Liane para velejar no meu barco St. Thomas. Ela rapidamente aprendeu as tarefas de bordo, e começamos a fazer longos passeios com pernoites nos belos recantos do Guaíba, como Praia do Tranquilo, na Ponta Grossa, Arroio Araçá, Chaminé, Itapoã, além de alguns passeios pelo rio Jacuí, no Arroio da Maria Conga e no Embarcadeiro (no Gasômetro).

Além de velejar e remar, também descobrimos outro interesse em comum: a música. Eu fico buscando no YouTube orquestras, pianistas, violinistas e outros instrumentistas para curtirmos suas execuções, com os diversos compositores eruditos e não eruditos. Usualmente os ouvimos à noite antes de dormir.

Nessas andanças por entre a música descobrimos um pianista especializado em choros, Hércules Gomes, de São Paulo. Ele tem uma *live* todas as quintas-feiras à noite; sempre que possível assistimos. Eu também toco algumas melodias no piano, que são apreciadas pela Liane.

Com as nossas vidas cada vez mais entrelaçadas, resolvemos morar juntos. E o passo seguinte foi o meu pedido de casamento, em 2021. Marcamos a data para 19 de novembro de 2021, na ilha do Clube dos Jangadeiros, em Porto Alegre.

Fiz então contato com Hércules Gomes e o convidei para fazer um recital de choros no nosso casamento, o que ele aceitou. Convidamos o Pastor Ivo Lichtenfelds, amigo de longos anos no Hospital Moinhos de Vento, para a cerimônia religiosa. E planejamos uma festa para um grupo de amigos e familiares queridos, driblando as restrições da pandemia.

Acho que Deus nos abençoou e nos proporcionou uma tarde-noite com céu límpido e um pôr do sol resplandecente. Ao adentrarmos no salão, Hércules nos homenageou com *Rosa*, de Pixinguinha. Após a cerimônia religiosa, que foi realizada ao pôr do sol sob o toldo ao ar livre, convidamos os presentes a se deslocarem para o interior do salão, onde foi servido o jantar, precedido do recital de chorinhos de Hércules Gomes.

Tanto eu como Liane somos gratos à vida que nos deu essa oportunidade de nos encontrarmos e termos momentos emocionantes com as pessoas que amamos. Como dizia Vinicius de Moraes: "A vida é a arte do encontro".

TRILHA SONORA PARA A VIDA

Comecei a me familiarizar com música muito cedo, pois minha mãe e duas tias tocavam piano, outra tocava violino e meu avô tocava piano e flauta. Tangos, valsas e chorinhos tocados pela minha mãe e tias, *Pour Elise*, *Marcha Turca* e outras peças tocadas pelos alunos da minha tia percorriam os andares do prédio onde eu morava. Pelos 10 anos, comecei a fazer aulas de piano. Não durou muito, pois ao cabo de dois anos interrompi as aulas para jogar futebol com meus amigos. Pena! Até hoje sinto falta desse aprendizado.

Lá pelos 18 anos entrei para o coral da igreja e fui apresentado a J.S. Bach. *Jesus Alegria dos Homens* era um dos hinos desse genial compositor que interpretávamos a quatro vozes. Encantava-me o resultado final da combinação das vozes, visto que ensaiávamos por grupos, separadamente (baixos, tenores, contraltos e sopranos) e depois juntávamos todos em uma surpreendente e harmoniosa execução. Apreciei muito esse período.

O próximo grande encontro com um compositor foi com Mozart. Na minha formatura em Medicina, ao adentrarmos no Salão Nobre da Reitoria da UFRGS, fomos saudados pela *Sinfonia n.º 40*, com suas nuances que iam do suave ao dramático, trazendo a mim a solenidade daquele momento e ao mesmo tempo nos incitando a um olhar para o futuro. Até hoje não sei de quem foi a escolha dessa obra grandiosa de Mozart para a nossa formatura, mas sempre desconfiei que tivesse sido do Prof. Pedro Luiz Costa, diretor da faculdade na época o imenso bom gosto ao nos presentear com essa obra. Confesso que não sabia exatamente quem era o autor da sinfonia, mas fui à procura dele, até que um laboratório farmacêutico me presenteou com o LP da sinfonia, para minha satisfação.

Nos dez anos seguintes comecei a me interessar pelo violão, e minha preferência recaiu sobre Baden Powel e seu dedilhar mágico nas cordas; Paulinho Nogueira e seu estilo clássico com a *Bachianinha n.º 1*, por exemplo; Paulinho da Viola com seu ritmo fascinante; João Bosco com sua batida envolvente. Eu tentava acompanhá-los ao violão, pois iniciara estudos com o instrumento, chegando a tocar os exercícios de Isaías Sávio (um método de violão), mas me faltou dedicação. Comprei um disco de Pepe Romero, um violonista clássico. e comecei a escutar um novo som.

Um amigo me falou sobre grandes violonistas que ele apreciava, como Andrés Segóvia e Narciso Yepes, e aí se despertaram novas descobertas pelos caminhos do violão clássico.

Ouvi um depoimento de Segóvia, onde ele conta a sua vida e como ganhou seu primeiro violão. A história é emocionante: quando jovem, ele ia a uma loja de instrumentos e pedia ao proprietário para tocar um violão a que ele particularmente se afeiçoara, pela sonoridade e beleza do instrumento. Esse violão havia sido fabricado para um violonista famoso da época, que o rejeitou alegando o alto preço. E o homem ouvia e apreciava a habilidade daquele jovem. Até que um dia, após fazer a sua audiência habitual para aquele senhor, ao se despedir, recebeu o violão das mãos do dono, que lhe disse: "Toma, é teu, tu o mereces".

O violão clássico me colocou em contato com um novo tipo de sonoridade e com inúmeros compositores e instrumentistas. Andrés Segóvia revolucionou o violão, sendo o grande responsável por trazê-lo para as salas de concerto. Ouvi dele interpretações maravilhosas de Francisco Tárrega, J.S. Bach, Villa-Lobos e tantos outros compositores clássicos. Descobri John Williams, um virtuoso do violão, nascido na Austrália e criado no Reino Unido, executando com máxima perfeição obras de compositores clássicos como Mozart, Bach, Isaac Albèniz, Villa-Lobos, uma performance magnífica de Joaquim Rodrigo, o *Concerto de Aranjuez* e outra, de Fernando Sor, *Introdução e Variações Sobre um Tema de Mozart*. Além dos clássicos, Williams também se dedicou a interpretar canções folclóricas ou obras de compositores latino-americanos, como *La Catedral,* do paraguaio Augustin Barrios Mangoré, uma dádiva aos ouvidos; e suaves canções venezuelanas, como *El Marabino,* de Antonio Lauro, ou argentinas, como *El Colibri,* de Julio Sagreras. Ouvir *Verano Porteño*, de Piazzola, e *Choros n.º 1,* de Villa-Lobos executados pelo virtuosismo de John Williams é um bálsamo para a alma. Escutei John Williams por longos anos (e ainda escuto).

Mas, com o advento do You Tube meu repertório expandiu-se. Basta escrever *violonistas clássicos*, que uma enxurrada de novos e antigos talentos aparece. Destes, dois particularmente me chamaram atenção: o escocês David Russel e a croata Ana Vidovic. Ambos seguiram caminhos semelhantes aos de John Williams, interpretando os mesmos compositores, com diferenças naturais em cada estilo. Mas o que aprecio em David é que ele executa com maestria e suavidade *Se Ela Perguntar,* de Dilermando Reis, dando uma coloração clássica e delicada a essa composição. Já Ana interpreta lindamente *Cavatina,* de Stanley Myers, além de *La Catedral,* de Augustin Barrios.

O brasileiro Turibio Santos teve uma bela carreira como intérprete no Brasil e no exterior e como diretor de instituições de música no Brasil. Foi aluno de Andrés Segóvia. Eu o conheci pessoalmente e ganhei dele um CD com os *12 Estudos de Villa Lobos* (que o compositor dedicou a Andrés Segóvia).

Mais tarde também ganhei da querida pianista gaúcha Olinda Alessandrini a versão para piano interpretada por ela dos mesmos estudos.

Durante um longo período fiz aulas de inglês com meu professor e amigo Adroaldo Endres, um aficionado do *jazz*. Comentávamos sobre o meu gosto pelo violão clássico. Então ele me fez conhecer três grandes violonistas, presenteando-me com um CD chamado *Friday Night in San Francisco*, uma apresentação de Paco de Lucia, Al Di Meola e John Mac Laughlin em São Francisco, Califórnia. Fiquei fascinado com o som enérgico e vibrante que os três tiravam dos violões (*guitarras*, em espanhol). Eles abrem o CD com *Mediterranean Sundance*, um ritmo fascinante, com os violões ora se alternando ora sincronizando-se em plena harmonia. Uma das faixas do CD que aprecio muito é *Guardian Angel*, novamente com cada intérprete dando *show* de execução. Quando Paco de Lucia veio a Porto Alegre, não perdi a apresentação e me deliciava com as suas peripécias nas cordas do violão. Fiquei triste com o seu falecimento em 2014, aos 66 anos, cedo demais para um ícone da sua envergadura. Nascido em Andaluzia, Espanha, imprimiu seu estilo flamenco a toda a sua discografia.

    Uma curiosidade: Paco assistiu a um concerto de Yamandu Costa no Teatro São Pedro quando veio se apresentar em Porto Alegre, no Auditório Araújo Vianna, e, ao final, foi aos camarins abraçar o nosso violonista, e se mostrou impressionado com a técnica e a habilidade de Yamandu.

Tenho assistido apresentações de Yamandu, e sempre me admira a sua técnica, e a rapidez com que seus dedos deslizam sobre as cordas do violão, brindando-nos com arranjos e execuções primorosas.

Quando encerrei minha gestão no Hospital Moinhos de Vento, subitamente me sobrou tempo. Então conversei com o violonista Mario Barros – já éramos amigos – e combinamos de eu voltar a fazer aulas de violão. Ele me orientou na compra de um novo instrumento, e iniciamos aulas. Mas acabamos usando o meu piano para ele me dar umas noções de harmonia, e ele solava músicas no violão e eu acompanhava no piano. Foi muito divertido e aumentou o meu repertório pianístico. Mário era um violonista clássico, mas entre um concerto e outro reunia-se ao flautista Plauto Cruz e ambos tocavam lindamente MPB, chorinhos e outros ritmos na noite porto-alegrense.

Houve também a febre dos Três Tenores, uma feliz reunião dos excepcionais Luciano Pavarotti, Plácido Domingo e Jose Carreras. Eles ofereceram ao mundo as maravilhosas interpretações de belíssimos trechos de óperas e canções populares, sempre regidos pelo grande maestro Zubin Mehta. Mehta foi homenageado nos seus 80 anos pela Orquestra Filarmônica de Israel e pela pianista Katia Buniatishvili executando o *Concerto n.º 1* de Tchaicovsky, sob a regência do maestro.

Em um congresso de Cardiologia nos anos noventa havia programada uma palestra sobre óperas, a ser proferida pelo muito querido cardiologista Prof. Hélio Germiniani, de Curitiba. Assisti e, ao final, fui conversar com ele e contei que eu havia visto uma capa de vídeo-disco na Alemanha com uma opereta conduzida pelo tenor Plácido Domingo, *Die Fledermaus*, de Johann Straus II. Eu havia comprado um DVD dela, conduzida pelo maestro Carlos Kleiber, mas tinha muita curiosidade em conhecer a versão de Plácido Domingo como condutor. Ele disse que me mandaria essa obra, pois tinha no seu acervo. Alguns dias depois recebi pelo Sedex dois DVDs com a opereta completa. Delicio-me até hoje ouvindo-a.

No final dos anos oitenta e durante os anos noventa, tornei-me sócio da OSPA e frequentava os concertos todas as terças-feiras. Então comecei a me familiarizar mais com os grandes compositores. Minhas obras preferidas de alguns deles são: Tchaikovsky (*Concerto para Piano e Orquestra n.º* 1, Sinfonia *n.º* 5 – a que assisti a Orquestra de Leningrado executar no Teatro da OSPA), Rachmaninoff (*Concerto para Piano n.º* 2, Concerto para Piano n.º 3, Rapsódia sobre um Tema de *Paganini*), Ravel (*Bolero*), Gershwin (*Rapsódia em Blue*), Paganini (*Concerto n.º* 1 para *Violino, La Campanella*), Liszt (*Rapsódia Húngara* e *La Campanella*), Chopin (*Noturnos, Concertos para Piano*), Claude Debussi (*Clair de Lune, Children's Corner*). Beethoven e Mozart merecem parágrafos próprios.

A OSPA e depois o Google e o You Tube ampliaram em muito o meu universo musical, especialmente a música erudita.

Mozart e Beethoven foram meus companheiros recentes e me ajudaram muito a suportar um momento difícil da minha vida, que foi a doença por longos três anos e a perda da minha esposa Maria Lúcia. À noite, antes de dormir, ouvíamos as sonatas de Beethoven tocadas ao piano por Valentina Lisitza e Daniel Beremboin e os concertos de Mozart com Vladimir Horowitz. Valentina Lisitza é perfeita na execução das sonatas de Beethoven. Seus dedos extraem do piano notas límpidas e enérgicas ou suaves e doces, como são as sonatas desse gênio. Ela também é magnífica na interpretação de *La Campanella* (Liszt/Paganini). Horowitz tocava o piano ereto, sem movimentar o corpo, parecendo que a música descia do cérebro (ou do coração) direto para as pontas dos seus dedos, sem passar pelo corpo, ao contrário da maioria dos pianistas, que se movimentam durante a performance.

Tenho muita gratidão aos compositores e intérpretes da música clássica (especialmente Beethoven e Valentina) pelos momentos de paz e tranquilidade que me proporcionaram durante o período de aflição e apreensão com a doença e morte da Maria Lúcia em 2019. Seguramente o sofrimento dela e a minha tristeza foram muito atenuados pelos acordes mágicos das suas obras.

Assisti a uma entrevista do maestro Leonard Bernstein sobre Beethoven. Ele dedilhava ao piano o início do segundo movimento da sétima sinfonia, quando parou e perguntou: "E agora, qual a próxima nota?" Ele mesmo respondeu: "Ele (Beethoven) tinha uma conexão privada com os céus, que lhe diziam qual a próxima nota a usar, e assim ele compunha com perfeição".

Dois instrumentos mereceram minha atenção durante a vida: o violoncelo e o violino. O violoncelo tocado por Mstslav Rostropovich, Yo-Yo-Ma e pela dupla (2cellos) Luka Šulić e Stjepan Hauser. E o violino por David Garret, que representou Paganini no filme *O Violinista do Diabo,* e por Anne-Sophie Mutter, cuja carreira foi suportada pelo maestro Herbert Von Karajan na Orquestra Filarmônica de Berlim.

Katarina Witt é uma patinadora medalhista olímpica alemã que estrelou o filme *Carmen on Ice*, uma adaptação da ópera *Carmen,* de Bizet, para patinação no gelo. O filme e a atuação de Katarina são cativantes.

A cravista Wanda Landowska foi responsável pela reinserção do instrumento na prática musical do século 20. Adquiri um LP dela chamado *O Cravo Bem Temperado*, com interpretações de Bach.

Nos anos em que eu frequentava a OSPA vi Artur Moreira Lima apresentar-se. Entrei numa loja de discos e encontrei um álbum com dois LPs dele interpretando as obras de Ernesto Nazareth. Ouvi incontáveis vezes esse álbum e me tornei fã de chorinhos. Mais recentemente comecei a pesquisar pianistas de choros e conheci Hércules Gomes e sua obra, que engloba Nazareth, Tia Amélia, Chiquinha Gonzaga, Pixinguinha, Radamés Gnatali, Marcelo Tupinambá e muitos outros. É uma delícia ouvi-lo tocar com um balanço único.

Em 2020 comecei a sair com Liane Blaya, minha colega, psiquiatra, e em 2021 decidimos casar. Escolhemos o Clube dos Jangadeiros em um entardecer com o pôr do sol no Guaíba em um evento para familiares e amigos. Convidei Hercules Gomes para fazer um recital na festa e ele aceitou. Não preciso dizer que foi lindo e emocionante. Entramos no salão ao som de *Rosa*, de Pixinguinha, e após a cerimônia Hércules nos brindou com chorinhos do seu vasto repertório, encantando a nós e a todos os presentes.

Finalmente, quero mencionar aqui novamente a pianista gaúcha Olinda Alessandrini, com sua intensa atividade cultural e musical. Recentemente assistimos a um evento no Instituto Ling, em Porto Alegre, *Sinfonia e o Rigor da Forma,* em que aprendemos características das grandes sinfonias e seus compositores.

Também conhecemos a aluna de Olinda, a talentosa pianista Mariaclara Welker, cujo futuro é muito promissor. Foi selecionada para estudar na Universidade de San Huston, no Texas, USA. Desejamos a ela todo o sucesso que merece.

Este texto foi escrito seguindo uma cronologia do meu contato com a música, e não se propõe a ser material erudito de análise sobre música clássica – até porque eu não tenho o conhecimento para tal –, sendo apenas um relato da minha história pessoal de admiração pelas composições e pelos intérpretes que passaram pela minha vida. Muitos ficaram de fora, mas este texto concentra a maior parte da minha vivência.

OLHA O RAIO!

No tempo em que o Dr. Silvano esteve internado no CTI por causa do seu infarto, uma coisa o intrigava: as técnicas de enfermagem e as enfermeiras gritavam:

– Olha o raio!!! E todo mundo saía correndo da sala.

Mais uns minutos e nova gritaria:

– Olha o raio!!! E a correria se repetia.

Meu Deus, se alarmava o paciente, eu não vejo raio nem relâmpago neste recinto, mas será que este CTI atrai raio? E se atrai, por que não me tiram daqui?

No outro dia, a mesma coisa:

– Olha o raio!!! E de novo o corre-corre.

O Dr. Silvano já estava nervoso. O pior é que ele se esquecia dos episódios do dia anterior, e permanecia calmo. Mas, castigo: nova sessão de raios e ele voltava a ficar aflito, só de pensar que um raio podia cair na sua cabeça.

Até que após mais algumas sessões de tortura com "olha o raio!" ele resolveu chamar o médico de plantão para pedir esclarecimentos:

– Doutor, que história é essa de raio? Tem risco de cair um raio em mim? Porque aqui todo mundo sai correndo quando gritam "olha o raio". Ou isso é alguma brincadeira para torturar os pacientes?

O médico de plantão pacientemente explicou ao Dr. Silvano (que nunca tinha trabalhado em uma UTI) que se tratava do aviso de que uma radiografia iria ser tirada e era necessário avisar aos funcionários sobre o evento – para que eles se afastassem do aparelho e evitassem a radiação natural do procedimento. Nada de relâmpago nem risco de um raio atingi-lo, Doutor. E a radiação não vai lhe causar dano porque o senhor está aqui por pouco tempo. Mas os funcionários estão expostos todos os dias, por isso a necessidade de se afastarem.

O Doutor Silvano agradeceu pela aula e dormiu tranquilo naquela noite.

REMÉDIOS

Tenho alguma fascinação por nomes de remédios e seus codinomes impressos nas bulas. Não raro, fico imaginando os tipos de pessoas que poderiam ter esses nomes. Por exemplo:

Lasix e Diurix, dois irmãos, primos longínquos de Astérix, o Gaulês; e Burinax, um contraparente de Obelix, e primo dos dois primeiros. Os irmãos tinham por pais Higroton, o circunspecto, e Furosemida, uma senhora franzina e nervosa. Hidrion, um irmão mais jovem de Higroton, era dado a farras, e caiu em desgraça depois que se envolveu com Cloreto de Potássius, metido em efervescências sem fim. Dizem, ainda, que Hidrion costumeiramente frequentava a *Tia Zida*, uma das melhores casas da zona. Daí que Burinax, de quem nunca se esclareceu a paternidade, seria fruto desses amores devassos.

Os pais de Higroton eram Edecrin – um sujeito com fama de muito severo – e Clortalidona, uma mulher obesa e matriarcal, que tomava conta de seus afazeres domésticos com rara eficácia.

Um traço comum, hereditário, unia essa família de nomes tão peculiares: sofriam todos de enurese.

Digoxina e Digitoxina seriam duas irmãs, já velhas e solteironas, filhas da falecida Digitália, uma senhora de rígida formação.

Quando crianças, enquanto Digitália tricotava, após o jantar, as duas ficavam noite após noite brincando com o irmãozinho Cedilanide e suas bonecas no quarto do andar de cima, próximas da janela. À medida em que se aproximava o Natal, mais excitadas elas ficavam a imaginar a chegada do bom velhinho Somalium em seu trenó puxado por parelhas de Raricais e rodeado de Trinitrinas cintilantes.

Elas só temiam que Isordil, o seu fiel cãozinho, se pusesse a latir e afugentasse o visitante e os seus sonhos de Natal. Por isso, providenciaram um cadeado tipo Beta-bloqueador para prender o animal.

Nifedipina, mulher de Adalat, sofria de rinite alérgica. Bastava uma poeira indiscreta para que os espirros se repetissem, intermináveis: oxcord!... oxcord!...

Julho de 1983

UM HOMEM E SEUS CIGARROS

Há alguns anos atendi um cidadão de 60 anos, fumante pesado, 40 a 60 cigarros por dia. Foi taxativo: eu quero acabar com isso antes que isso acabe comigo! Chamou-me atenção a determinação daquele homem. Os melhores resultados do tratamento antifumo oscilam em torno de 35% de abstinência em um ano, e era o que eu poderia oferecer-lhe. Caberia a ele arcar com os outros 65%. A ajuda dos familiares e amigos é fundamental. A escolha da data é relevante, e ele já havia definido: decidira presentear-se no Natal. Expliquei as etapas do tratamento, os gatilhos (hábitos que suscitam o desejo de fumar: cafezinho, chope, ligar a TV, etc.), a síndrome de abstinência – irritabilidade, mau humor e uma vontade incontrolável de fumar, e a *fissura*, que consiste em mandar tudo às favas e agarrar-se ao cigarro mais próximo. Uma dieta saudável e exercícios físicos melhoram a disposição, ajudam na superação da abstinência, no controle do peso e na prevenção da depressão. Ele ouviu atentamente e concordou: enfrentaria o desafio. Iniciou o tratamento, e parou de fumar no Natal. No dia 31 de dezembro me ligou tomado por uma terrível crise de abstinência que o estava levando à fissura. Recomendei que usasse os tabletes de nicotina (cada um equivale a 4 cigarros).

Na consulta seguinte contou-me que se pusera a cheirar desesperadamente um cigarro, com o sentimento de que estivesse se despedindo de um ente querido. O tratamento prosseguiu, ele conseguiu lidar com os seus tormentos. Foi uma árdua travessia, e ao cabo de doze semanas já não fumava. Chegara ao seu destino, conquistara a duras penas o troféu: estava livre do fumo. Após seis meses teve síndrome de abstinência. Novo tratamento, a crise foi debelada, e abrandaram-se as turbulências. Vários verões depois, recebi um telefonema na praia. Voz alegre, meu paciente lembrou-me: neste verão completam-se 10 anos que parei de fumar e me tornei um cara saudável.

Este relato – de uma situação real – é também uma reflexão sobre os principais aspectos do tratamento antitabágico, e as dificuldades e armadilhas da dependência à nicotina. Determinação e participação ativa do paciente, de família e amigos fazem a diferença.

Publicado em *Zero Hora*, 2/6/2014

A TARTARUGA E
O EXERCÍCIO FÍSICO

*E*sta história já foi contada muitas vezes no meio médico, mas vale a pena contá-la novamente, pelo inusitado e pela graça do acontecido.

No início dos anos oitenta, 1982 e 1983, foram realizados em São Paulo (no Othon Palace Hotel) dois cursos sobre Doenças das Artérias Coronárias. Para esses eventos eram convidadas importantes autoridades mundiais e brasileiras sobre o assunto. Não é preciso dizer que com tantos e tão ilustres convidados a presença de cardiologistas de todo o Brasil era maciça. O auditório estava sempre lotado.

Grandes nomes do Rio Grande do Sul constavam no programa: Professor Rubem Rodrigues, Professor Rubens Maciel, e o sempre esperado Professor Mário Rigatto, brilhante conferencista que encantava plateias.

O tema do professor Rigatto era "O Exercício Físico e o Coração". Auditório lotado, para apreciar a maneira brilhante e inconfundível como o mestre abordava aquele assunto. Eu, orgulhoso de ver tamanho apreço dos cardiologistas brasileiros por esse gênio da medicina gaúcha e brasileira.

O professor Rigatto desenvolveu a sua conferência durante cerca de 50 minutos, como de costume, com a plateia suspensa pelo seu raciocínio linear, pelo conteúdo e pela forma como apresentava seu conhecimento para tão qualificada audiência.

Após mostrar como o exercício físico beneficia o sistema cardiovascular, pois participa no controle dos principais fatores de risco para o infarto do miocárdio, tais como a hipertensão arterial, o diabetes, o excesso de colesterol, terminou sua conferência com a seguinte afirmativa:

– Portanto, o exercício físico prolonga a vida.

Foi aplaudido de pé por cerca de quinhentos participantes.

Então o presidente da mesa tomou a palavra, agradeceu ao professor e disse:

– Temos ainda alguns minutos até o final da sessão, e o professor Rigatto gentilmente se dispõe a responder perguntas dos participantes. Basta que algum candidato se apresente.

Um colega lá no meio do auditório apresentou-se. Naquele tempo não existiam microfones volantes (hoje é só levantar o dedo que uma mocinha linda vem com o microfone até nós). Então o colega atravessou todo o salão e foi até a frente da mesa, onde havia um pedestal com um microfone fixo.

Com seu inconfundível sotaque nordestino, desafiou o mestre:

– Professor Rigatto. O senhor falou que o exercício físico prolonga a vida, certo? Então, como o senhor explica que a tartaruga, um ser sabidamente sedentário, viva cento e cinquenta anos?

A plateia só não veio abaixo em respeito ao mestre, mas ouviram-se risos abafados por todo o lado, e uma expectativa se formou quanto à reação do palestrante.

Ao que ele retrucou:

– Pois viveria trezentos anos se fizesse exercício.

Dessa vez a plateia explodiu em risos, e o mestre foi entusiasticamente aplaudido.

28 de agosto de 2020

P.S.: Fica aqui a minha homenagem a esse personagem inesquecível da medicina do Rio Grande do Sul, com quem tive oportunidade de conviver e assistir em incontáveis aulas e conferências.

SURREALISMO

O sujeito entra num restaurante escuro. Senta à mesa.
Um garçom rengo vem atendê-lo. Não tem cardápio. Tem *buffet* frio e prato quente.
O *mâitre* o observa. Traje preto e gravata-borboleta.
O sujeito olha em volta. Vê um piano preto, de cauda, todo empoeirado. Levanta-se e vai se servir, voltando para a sua mesa. Pede um vinho, o garçom afasta-se, fazendo um rum-rum-pá, rum-rum-pá, com sua perna renga.
O *mâitre* de gravata-borboleta observa.
O homem da caixa trabalha com rapidez: téc-téc--práá, téc-téc-práá – faz a caixa registradora. O homem só tem um olho. Volta e meia enfia a mão no bolso e pega o outro olho. Tenta colocá-lo na órbita, sem sucesso. Registra outros pedidos – téc-téc-práá – e repete a tentativa outras vezes, sem nada conseguir.
O garçom volta: rum-rum-pá, rum-rum-pá. Serve uma prova do vinho, que é degustado e aprovado pelo cliente.
Um *chef* magro e pálido, vestido de branco e com gestos delicados, mantém-se a postos para preparar o prato quente.
O freguês da mesa ao lado dorme, enquanto a mulher fala.

No chão passa correndo o que parece ser um rabanete, perseguido por uma batata. O *mâitre* observa, de soslaio. Aproxima-se do *chef* e sussurra-lhe alguma coisa. O *chef* vai até o homem da caixa e pergunta-lhe algo. O homem põe a mão no bolso, palpa o olho que está lá e faz sinal de positivo com o polegar.

Chega o pianista, todo de preto.

O freguês da mesa ao lado está roncando.

O pianista começa a tocar *Fascinação*.

A mulher do homem ao lado tenta acordá-lo. Ele resmunga e pede: "Não me torra a paciência". Ela continua falando. Sente-se um leve cheiro de queimado.

De repente, nota-se intensa movimentação na porta do restaurante.

Entra um séquito de homens. É um conhecido senador, acompanhado de ministros, deputados, secretários e bajuladores.

O senador abre um livro de poemas de sua autoria e começa a recitá-los.

O freguês da mesa ao lado abre os olhos entre profundas olheiras e lamenta-se: "Ai, eles me torram a paciência!" A mulher continua falando. O cheiro de queimado fica mais forte.

O *mâitre* está boquiaberto.

O pianista já está tocando *O Bêbado e o Equilibrista*.

O homem do caixa procura desesperadamente o seu outro olho na órbita correspondente.

O garçom rengo serve bebidas: rum-rum-pá, rum-rum-pá.

O *chef,* delicado, pede a um bajulador que leve o prato quente até o senador. O bajulador pega o prato e come tudo, inclusive os talheres.

Os poemas continuam sendo recitados.

O homem da mesa ao lado vai ao WC. Na volta, traz nas mãos um objeto fumegante. O cheiro de queimado torna-se insuportável.

– Vocês me torraram a paciência! – exclama ele, mostrando o objeto fumegante nas mãos.

O pianista começa a tocar o tango *Por Una Cabeza*.

Abril de 1988

PROXENETA

𝒫ai, o que é proxeneta? (e agora? pense rápido!)
— Deixa ver, hummm, já sei! Proxeneta é derivado de PROXENA, palavra de origem grega que significa bolsa, sacola. Aliás, sacola não muito comum, pois é feita de couro de ornitorrinco, um pato mamífero importado da Austrália. A proxena tem várias finalidades, como, por exemplo, no caso de Davi-Golias, relatado a seguir: "... e eis que Davi defrontou-se com o gigante Golias. E todos os filisteus riram. Mas o pastor tirou as pedras que carregava em sua proxena e fulminou Golias com certeiro arremesso." Ou, então, quando o Príncipe Valente se preparava para atacar um inimigo: "Arqueeeeiros, retirem as flechas das proxenas e armem os arcos!"

Logo, como vimos, proxeneta é diminutivo de proxena, ou seja, uma bolsinha feita do mesmo material já descrito. A sua utilidade tem sido relatada em várias histórias. Vejamos uma variante da famosa Chapeuzinho Vermelho: "...ia pela floresta, a pobre menininha, carregando a tiracolo sua proxeneta cheia de dólares, para pagar ao lobão o resgate pelo sequestro da vovó. Súbito, aparece o hediondo animal à sua frente e lhe arranca a proxeneta das mãos, fugindo, às gargalhadas, e anunciando: — tchauzinho, boneca! Isto vai fi-

nanciar a nossa (dele e da vovó) lua de mel em Bariloche!. Chapeuzinho voltou pela floresta até o local onde havia escondido outra proxeneta com os dólares verdadeiros. A do lobão só tinha pesos!"
Os antigos gregos praticavam a psicagogia, invocando as almas dos mortos. Os psicagogos entravam no templo munidos de suas proxenetas e dali retiravam mágicas substâncias usadas na cerimônia.
As psécades romanas (escravas penteadeiras) guardavam os pentes e perfumes de suas amas em suas proxenetas.
Dadas essas convincentes explicações para os meus filhos, vamos ao Aurelião para conferir. Página 1.152, que começa com *Próvido* e termina com *Prumiforme*; na coluna do meio encontramos. Proxeneta: pessoa que ganha dinheiro servindo de intermediário em casos amorosos; explorador da prostituição de outrem, cáften. Alcoviteiro.

Outubro de 1985

O PROLIXO

O Osmélio Fedorenko foi residente na Cardiologia lá pelos idos de 1970. Poucos se lembram dele, à exceção, talvez, de alguns que o achavam muito obcecado, e outros que o consideravam muito estudioso.

Pois o Osmélio hoje tem o seu consultório, atende seus pacientes – a maioria de convênio – com bastante atenção, e é muito metódico. Não dá colher de chá. Começa pela Queixa Principal e segue pela História da Doença Atual, Fatores de Risco, Revisão dos Sistemas, Exame Físico, etc.

Mas tem hora marcada. Atende todos os dias, seja convênio, seja particular, o que for. Uma hora para a primeira consulta, meia hora para reconsulta, quinze minutos para mostrar exame. Quatro primeiras consultas e duas reconsultas ou quatro mostrar exames, é o máximo que tolera, sem que sua organização sofra desequilíbrios.

E assim ocorreu. Ele tinha a agenda cheia certa tarde: várias primeiras, várias reco e várias mostrar exames. Aí entrou o prolixo.

O Fedorenko – cujo sobrenome é frequentemente confundido pelos pacientes, que de modo inocente pedem para falar com o Dr. Fedorento – me contou esta história seis meses após ter tido alta para tratamento de um colapso nervoso ocorrido após o fato.

Entra o paciente.

– Sente-se, boa tarde, diz Osmélio, mostrando a cadeira com um aceno de mão.

– Boa tarde, Doutor. Aliás, ultimamente só chove, e a gente não sabe se deve dizer mesmo boa tarde. Viu hoje como está? Chove, logo, logo. Aliás o Cléo Kuhn da Rádio Gaúcha...

– O senhor pode sentar – corta Osmélio, sorrindo amavelmente – e, a seguir senta-se também e pega a ficha para iniciar a consulta. Seu nome?

– Antonio Albroswovski Lopes. Meu pai também se chamava Antonio, e o sobrenome dele tem a ver com o Guia Lopes, aquele que tem uma rua em Teresópolis como o nome dele, que era avô...

– (Osmélio desiste de pedir que o sujeito soletre o sobrenome e abrevia com A., não sem certa frustração – não era seu hábito). Profissão?

– Advogado e funcionário Público, graças a Deus e aos conselhos do meu inesquecível pai, que aliás, Doutor...

– Idade?

– Deixa ver... ele já morreu, mas se o senhor insiste em saber com quantos anos, vejamos...

– A sua.

– A mamãe? Também já...

– Quantos anos o senhor teeem – insiste Osmélio já um pouquinho impaciente.

– Nasci em cinquenta e oito, bem no ano em que o Brasil ganhou a primeira Copa do Mundo. O senhor lembra do Nilton Santos, Pelé, Garr...
– O senhor tem cinquenta e quatro anos – corta Osmélio bruscamente.
– Sabe que o senhor é boa cabeça? Calcular assim, ligeirinho a minha idade! E o senhor quando nasceu?
– Em cinquenta! (O nosso colega não se perdoaria por esse deslize, naquele momento crucial!).
– Coincidência, doutor! Eu nasci na Copa de 58, Brasil Campeão, e o senhor na Copa de 50, aquele vexame no Maracanã. Temos coisas em comum, veja só! Pois...
– Quem encaminhou o senhor?
– Meu pai, eu já lhe disse! Sem ele eu não seria um alto funcionário do...

Após quarenta e cinco minutos, Osmélio conseguiu chegar na anamnese propriamente dita. Até aí, ainda tentava sorrir com alguma amabilidade, mas desconfiou que o paciente não o achou muito certo, dados os movimentos frequentes com o lenço para limpar a baba que começava a escorrer pelo canto da boca e os frequentes tremores e piscadelas involuntários contidos a custo, o que ocasionava torções na boca.

Meia hora depois, após longas dissertações sobre como ele conseguia subir a ladeira sem parar, mas tinha terríveis faltas de ares quando ficava nervoso, de como as palpitações batiam na cabeça, de como doía a veia horta do pescoço, que ele achava estar *delatada*, de como inchava a perna por causa da variz interna, Osmélio, alegando um telefonema urgente, foi ao banheiro, xingou o vaso sanitário com os desaforos mais descabidos, puxou a descarga, e, mais aliviado, voltou, disposto a enfrentar os fatores de risco do maldito prolixo funcionário público.

Foi outro desastre.

– O senhor fuma?

– Ah, doutor... esse assunto me toca muito de perto, pois meu tio, irmão mais velho de minha mãe, morreu de câncer no pulmão, e...

– Quantos cigarros por dia?

– Três carteiras, doutor!

– (fumante pesado – anotou – sessenta cigarros por dia – continuou). E há quanto tempo o senhor fuma desse jeito?

– Eu? Não fumo, doutor! Nunca fumei. O meu tio era um exagerado como lhe disse, mas eu aprendi com meu pai...

– (foi-se a primeira caneta esmigalhada entre os dedos do Osmélio).

– Háaaaaaararaááááá! Tem pressão alta? – Osmélio já rangia os dentes.

O prolixo tentou dizer que a mãe dele sofria de pressão alta, que também era diabética, e que achava que as peles que ela descascava das mãos eram consequência do ácido úrico...

– Tem açúcar no sangue? (Tinha que me aparecer este hoje! Já fervia por dentro o Osmélio). Tem colesterol? Tem sanguezinho gordo, teeeemmm? (Osmélio estava com o rosto todo vermelho e dedo em riste para o paciente). Responda as minhas perguntas! – berrou Osmélio.
Entrou a secretária. Osmélio aproveitou:
– Minutinho só que eu vou atender a menina.
– Acho que ela deveria atender o senhor, isso sim (retrucou baixinho e já temeroso o paciente).
Nova sessão de desaforos no vaso sanitário, e o Osmélio se recompôs. Mas ficou uma dúvida:
– Se esse desgraçado me chama de Fedorento...
Quarenta minutos mais tarde, várias canetas quebradas, mas, para alívio do Osmélio, não veio à baila o sobrenome errado, os fatores de risco e a história familiar haviam acabado.
Aí, o Osmélio me disse, fazendo uma pausa na narrativa, que, pela primeira vez em sua vida, e, sem arrependimento, passou por cima da Revisão dos Sistemas e mandou o paciente deitar-se na mesa de exames, o que levou mais uns quinze minutos.
Fez o exame físico em cinco minutos e deu por encerrada a consulta.
– Nada mais, doutor?
– Nada – disse secamente.
– Mas nem exames de sangue, eletro, radiografia, remédios, nada?

— Fim! Não tem mais corococó nem quiriquiqui, nem tititi nem tatatá!

— Mas que apressadinho! — retrucou o prolixo. — Mal começou a consulta e já me manda embora assim, sem mais nem menos? Eu, que pago o convênio, que perdi a tarde no emprego, que... bom, acho mesmo que o senhor merece o sobrenome que tem, Dr. Fedorento.

O Osmélio não conseguiu terminar a história para mim. Começou a babar na minha frente, os olhos esbugalhados, tremores involuntários, boca contraída, pisca-pisca frenético, gargalhar convulsivo e palavras desconexas, e a gritar: — Eu pego, eu pego, cadê ele, vem cá, seu maldito!

Abril de 1984

OVO EM SELA DE CAVALO

Chega no consultório do Dr. Silvano um paciente vindo da fronteira, bombacha, alpargatas, guaiaca e facão na cintura. Vicente era o nome dele.

O Dr. Silvano não pôde deixar de admirar aquele gaúcho bonachão e vestido a caráter.

– Boa tarde, seu Vicente, o que é que o traz aqui?

– Buenas, doutor. Eu vim aqui porque ando com pedra nos rins – disse o Vicente, cuja face denotava um certo grau de sofrimento.

– E como é que o senhor chegou a essa conclusão? – arguiu o doutor.

– Anda me doendo o ventre. Começa lá no lombo esquerdo e desce até o ovo do mesmo lado. E ontonte me saiu uma pedra pelo canal da urina.

– Deve ter tido muita dor, hein, seu Vicente? – Pergunta o doutor.

– Bah, doutor! Me doeu mais do que ovo esmagado em sela de cavalo!

– O senhor já teve um ovo esmagado?

– Não, nunca tive.

Mas posso imaginar a dor que o senhor teve!

E o gaúcho contorceu a boca e enrugou a testa numa exclamação:

– Que me livre o Criador, doutor, mas é de rolar no chão e pedir água.

O PROFESSOR DE FORRÓ

Estava o Dr. Silvano em Maceió a passeio, com a esposa e a filha, e lhes foi recomendado conhecerem o Forró do Lampião, o que fizeram com bastante curiosidade e alegria. A menina tinha os seus doze anos, e o dançarino de forró veio até a mesa convidá-la para aprender a dançar o ritmo nordestino, o que ela aceitou, estimulada pelos pais.

Ao final da dança, o dançarino veio acompanhá-la até a mesa e perguntou ao Dr. Silvano:

— Então vocês são do Rio Grande do Sul?

— Sim, tu conheces o nosso Estado?

— Conheço. E tenho grande mágoa dos gaúchos. Fui muito maltratado lá.

— Como assim? Nós somos um povo hospitaleiro e tratamos bem todos os que nos visitam.

— É, mas comigo não foi assim. Gente de pele escura e que não fala alemão, como eu, não tem vez lá.

O Dr. Silvano ficou intrigado com aquela história e pediu mais detalhes ao dançarino.

— Lá não tem um banco chamado Banrisul? — perguntou o rapaz.

— Sim, é o banco do nosso Estado. Respondeu o Dr. Silvano.

— Pois é, eu conheci uma loira muito bonita, era gerente desse banco. Ela me convidou para ir embora com ela lá para o Rio Grande. E eu fui. Chegando lá, fui logo montar uma escola de forró. Mas vocês gaúchos não gostam de forró, então tive que fechar o negócio.

– Que pena! – exclamou o Dr. Silvano. E completou: – É que a gauchada não gosta muito de requebrar...

O dançarino continuou a contar a sua sofrida história:

– Aí fui procurar emprego. Cada loja que eu chegava perguntavam:

– Fala alemão?
– Não.
– Então não tem vaga.

O Dr. Silvano começou a achar que o bailarino estava falando da Alemanha, e não do Rio Grande do Sul. E comentou:

– Mas tchê, tu tá falando da Alemanha, não do Rio Grande! Isso não existe lá.

– Existe sim! Pra arrumar emprego lá no seu Estado, só falando alemão.

E o Dr. Silvano, cada vez mais intrigado com a história, perguntou:

– Moço, me diga uma coisa. Tu sabes o nome da cidade onde isso aconteceu?

– Claro, eu nunca esqueci. É Teutônia.

O Dr. Silvano quase caiu da cadeira.

– Mas em Teutônia nem eu consigo emprego! Tu foste para a Alemanha dentro do Rio Grande do Sul!

Eles falam alemão desde criancinha e para trabalhar lá tu tens que saber alemão. Vai pra Porto Alegre, Canoas, Gravataí, que lá tu arruma emprego.

– Mas a minha loira mora em Teutônia, senhor.

E lá ficou o desolado dançarino de forró, sem a loira, sem a escola de forró e sem o emprego que tanto queria.

Publicado no Facebook em 25/8/2020

O DR. SILVANO NA CADEIRA DO DENTISTA

O Dr. Silvano tem um jeito divertido de contar suas histórias. Uma delas é a da cadeira do dentista.

Conta ele que sempre que vai ao dentista é obrigado a conversar porque este lhe faz perguntas enquanto trabalha. Isso não seria um problema, não fosse toda a tralha pendurada na sua boca, como o aspirador de saliva, o separador de dentes, os chumaços de algodão nas gengivas, e por aí afora. E o pior é que o dentista entende os grunhidos do paciente.

— Como estão os seus filhos?

— O ais elho se ormou erenheiro.

— Ah, meus parabéns! E a menina, já casou?

— Asou com um chilho da uta que só qué esflora ela.

— Não me diga! E a sua esposa, como vai?

— Ada dia ais anzinza, arho que tá chiando com arhaimer.

O dentista é gremista e o Silvano é colorado. Ele prefere não discutir futebol por causa das diferenças inconciliáveis entre os dois. Mas o dentista às vezes insiste:

— E o seu time, hein, doutor? Resiste à pandemia?

— Urinquanto escerando pra egar oces na broxima urva. Amos existir sim.

E a política? Outro tema que engasga o Dr. Silvano, ele prefere não discutir. Mas lá vem o dentista:
— O que o senhor achou da última decisão do STF?
— Sçfasddsfrnv´msnr ídfmem óipdckvmoewrt´bkma dçsfai ma´dopifaa´poabiada

O dentista não entendeu nada dessa vez, mas achou melhor não prosseguir, visto que era um tema bastante espinhoso.

CORAÇÃO SUFOCADO

Em 1987 os Estados membros da Organização Mundial de Saúde (OMS) elegeram a data de 31 de maio como o Dia Mundial sem Tabaco, para atrair a atenção do mundo sobre a epidemia do tabagismo e sobre as doenças e mortes evitáveis a ela relacionadas.

Ao acender-se a ponta de um tubo de papel contendo tabaco e aspirar-se a fumaça, são inaladas cerca de 4.000 (isso mesmo, quatro mil) substâncias, entre elas a nicotina, um produto viciante, e o monóxido de carbono – aquele gás contido na descarga dos automóveis. Ironicamente, essas substâncias estão informadas no invólucro, com as respectivas quantidades.

O fumo afeta mecanismos delicados e essenciais para o bom funcionamento do coração. Uma maravilha da natureza, a chamada membrana endotelial – ou endotélio, é um fino e sensível tapete de células que recobre e protege o interior das nossas artérias, participando no processo de dilatação delas, propiciando que o sangue rico em oxigênio e nutrientes circule sobre uma superfície lisa e sem obstáculos até o interior dos tecidos.

Outro fenômeno que nos encanta é o que chamamos de transporte de oxigênio. O oxigênio chega aos pulmões através da respiração e penetra na circulação, ligando-se ao pigmento hemoglobina – que dá a cor avermelhada ao sangue –, sendo levado aos tecidos. Isso ocorre através de uma extensa rede de condutos (artérias, arteríolas e capilares), revestidos em seu interior com o nosso já mencionado endotélio.

Quando se fuma – ou se inala passivamente a fumaça do vizinho – começa-se a interferir na integridade daquele tênue e eficiente tapete de células e em seus mecanismos protetores. O primeiro resultado é uma falta de dilatação da artéria, com prejuízos na entrega de oxigênio e nutrientes aos tecidos. Junto, vem o monóxido de carbono. Faminto. Ele tem 250 vezes mais afinidade com a hemoglobina do que o oxigênio. É, portanto, uma competição desigual pelo transporte, como se um bando de grandalhões estivessem competindo com crianças pelo mesmo vagão do Trensurb (na proporção de 250 para 1!). Assim, o monóxido de carbono entra nos pulmões junto com o oxigênio e toma o lugar deste no sangue, indo para o destino final, as células, que ficam privadas do seu precioso suprimento, vital para exercerem as suas funções. Literalmente sufocadas.

A nicotina reduz o bom colesterol, o HDL, amigo e protetor do endotélio, e aumenta o mau colesterol, o LDL. Este forma placas de gordura nas paredes das artérias, sofre um processo de degeneração (se oxida) e danifica o nosso tapete celular, desprotegido pela escassez de HDL. É uma espécie de *enferrujamen-*

to. Essas placas *enferrujadas* podem romper-se, formar coágulos e entupir uma artéria do coração, a artéria coronária. O mais incrível é que, além de tudo, a nicotina favorece a formação desses coágulos e desse entupimento.

E aí as coisas começam a ficar piores. O coração, que já vivia sufocado, dói e pede ajuda. Pode até mesmo desistir desta vida sufocante e resolver parar de trabalhar.

Para prevenir esses desenlaces, é preciso mudar de vida: parar de fumar, praticar exercícios físicos, fazer uma dieta saudável, evitar o excesso de peso, controlar pressão arterial e taxas de colesterol. Parar de fumar reduz o risco cardiovascular em 27% nos homens e em 37% nas mulheres.

Portanto, mãos à obra para retirar o coração do sufoco!

Publicado em *Zero Hora*, 31/5/2007

HISTÓRIAS DE FUTEBOL

Vou contar uma história aos amigos que penso que explica a minha paciência e simpatia pelos técnicos do Inter.

Eu cresci e passei minha infância e adolescência morando quase ao lado dos Eucaliptos. Isso foi pouco depois do fim do Rolo Compressor. O inter ainda seria tetracampeão no início dos anos cinquenta. Com Lapaz, Florindo e Oreco na defesa e um ataque mortal mas já gasto no tetra: Luizinho, Bodinho, Larri, Jerônimo e Chinezinho.

Aí perdemos um campeonato para o Renner, onde jogava o Ênio Andrade. Numa tarde chuvosa nos Eucaliptos, o Larri errou dois pênaltis. O goleiro do Renner era o Valdir, depois Palmeiras e seleção brasileira.

Aí se acabavam os anos de glória colorada e começava um vale de lágrimas, que duraria até 1969, ano da inauguração do Gigante.

Nesse período ocorreram os famosos 12 em 13 do Grêmio, ou seja, em 13 anos eles ganharam 12 campeonatos, sendo que na última série foram sete seguidos (heptacampeão), superando o hexacampeonato do Rolo Compressor.

Não faltava mais nada para nossa tristeza. A presença de um estádio pujante, o Olímpico, contribuía ainda mais para a humilhação dos colorados, com nosso acanhado e velho Eucaliptos, onde, diga-se de passagem, vi muitos jogos *furando* pelo meio das grades dos portões (eu era muito magrinho e me esgueirava por entre as grades). Jogos, que me lembro, muito tristes, com goleadas de 4 x 0 do Grêmio, derrotas para o Aimoré, empates com o Cruzeiro (da Colina Melancólica, de Porto Alegre), e outros fiascos.

Nesses tempos, eu, meu irmão e meus amigos pegávamos nossas bicicletas e íamos olhar o círculo de areia à beira do Guaíba, promessa do novo estádio.

Um jogador, Bráulio, "garoto de ouro", era o ídolo do time nessa época. Ídolo de um time perdedor. Mas esse clube fracassado, com a ajuda da torcida, erguia um estádio às margens do Guaíba, visto que o cimento e os tijolos já fechavam aquele improvável círculo de areia.

A diretoria contratou um pouco conhecido técnico, gordinho, teimoso, chamado Daltro Menezes. O novato substituiu ídolos e colocou a jogar jogadores de força e velocidade. Lançou Valdomiro, um ponteiro vindo de Santa Catarina, também desconhecido. A torcida hostilizava a ambos.

O ano de 1969 era o do octa do Grêmio, mas também o ano da retribuição ao tricolor pelas humilhações do pobre Eucaliptos: inaugurava-se o maior estádio particular do Brasil, o Gigante da Beira-Rio. Inauguração impecável, com torneio internacional, vitória histórica no jogo de abertura contra o grande Benfica, com gol estupendo de Claudiomiro, o primeiro na história do Beira-Rio, Eu estava atrás do gol onde Claudiomiro inaugurou o placar, e enlouqueci junto com os cem mil colorados gritando pelo gol que lavou a alma daquela multidão. O Inter venceu este jogo inaugural por 2 a 1.

Treinador? O contestado Daltro Menezes.

O Inter dava um passo gigantesco no cenário gaúcho e brasileiro. Naquele ano, 1969, havia o Grêmio a caminho do octa, um espinho na garganta dos colorados – mas ao mesmo tempo um desafio para uma torcida orgulhosa com sua grande conquista, a construção do seu magnífico estádio e com fé de que novos tempos haviam chegado.

Daltro, com seus esquemas retrancados, e Valdomiro, contestados, continuavam firmes: a diretoria fincou pé e manteve o treinador, mostrando que confiava no seu comandante e na equipe.

E, ao final do campeonato gaúcho daquele ano, o prêmio por todo o trabalho, garra, humildade e planejamento daquele Inter: campeão gaúcho de 1969, interrompendo os 12 em 13 do rival e iniciando uma caminhada rumo ao octacampeonato – superando o Grêmio mais uma vez, e ao tricampeonato brasileiro em 1979. Dez anos maravilhosos para quem, como eu e toda a torcida colorada dos anos cinquenta e sessenta, presenciou tanta tristeza e sofrimento.

Depois viriam a Libertadores e o mundo.
Mas, amigos, valeu a pena ter vivido tudo isso.
O nosso time é muito grande, é muito maior do que um jogo, uma derrota ou um campeonato não ganho.
É um monumento ao Rio Grande e ao Brasil.

P.S.: Esta história começa nos anos cinquenta, tem seu ápice em 1979 e termina com duas Copas Libertadores e um Campeonato Mundial FIFA.

Muito mais há para contar, mas minha intenção foi contar aqui os anos negros e os anos brilhantes que eu vivi com o nosso Inter.

Talvez por isso eu demonstre fé no time e paciência e compreensão com diretoria e treinador.

(Não deixando de reclamar quando algo sai errado, claro).

O DR. SILVANO E AS BOLAS DE CHUMBO

O Dr. Silvano tinha um sítio perto de Porto Alegre para lazer da família, onde tinha dois cavalos, árvores frutíferas, plantava aipim, tinha uma pequena horta e também criava galinhas. Frequentava o sítio nos finais de semana, e tinha um caseiro que cuidava do lugar durante a semana.

De uns tempos para cá o caseiro avisou que as galinhas bicavam os ovos e os inutilizavam para o consumo e para a comercialização. Então o Dr. Silvano foi ao sítio de um vizinho ali perto para consultar o amigo sobre o problema.

– As minhas galinhas estão inutilizando os ovos que põem, e isso está me gerando prejuízos. Já tiveste um problema desse tipo?

O vizinho respondeu:

– Elas bicam e furam os ovos, não é isso?

– Sim, exatamente.

– Já aconteceu com as minhas galinhas. Mas é muito simples, Tu vai em uma ferragem e compra bolas de chumbo. Aí tu botas essas bolas nos ninhos das galinhas. Elas pensam que são ovos e quando elas bicarem levarão um susto com a dureza da bola e nunca mais bicarão ovos. Foi assim que resolvi o meu problema.

– Ótima dica, vizinho. Vou providenciar.

E lá se foi o Dr. Silvano, bombacha, alpargatas e guaiaca (que lá fora ele usava essa vestimenta), em busca de uma ferragem. Encontrou um bolicho em uma vila próxima e entrou.

No balcão tinha um senhor já de certa idade, muito encurvado pela doença da coluna. O Dr. Silvano aproximou-se e cumprimentou:

– Boa tarde senhor!

E o senhor, com um palheiro no canto da boca, muito gentilmente, respondeu:

– Boa tarde! Em que posso servi-lo?

O Dr. Silvano olhou meio penalizado para aquele velhinho encurvadinho atrás do balcão e perguntou:

– O senhor tem bolas de chumbo?

Ao que o balconista, furioso, respondeu:

– Não, seu fdp! É a minha coluna mesmo que é curvada assim!

30 de agosto de 2020

MÁRCIO E LUÍZA

Luíza tem tido má sorte na vida. Aos vinte e quatro anos fez choque séptico por uma grave infecção pós-parto. Sobreviveu, após sete meses de hospital, com uma passagem prolongada pela UTI. Sua filhinha, Laura, também sobreviveu. O primeiro marido, de quem se separara, morreu de um tumor cerebral ainda quando Luíza estava no hospital. Ele era de família importante no Estado.

O segundo, pai de Laura, deixou Luíza algum tempo depois. Ela ficou com a filha e com as sequelas da grave doença que teve. Foi aposentada por invalidez, e hoje o seu contracheque é de um salário mínimo.

Dois anos depois de sair do hospital Luíza conheceu Márcio e se tornaram companheiros. Compraram um carro e montaram uma lancheria para sobreviverem. E iam bem, modestamente.

Até que um dia Márcio parou o carro defronte a uma farmácia – que estava sendo assaltada. Os bandidos se assustaram com a proximidade dele e atiraram para matar. Uma bala perfurou-lhe o abdome.

Desde então, Márcio está entre a vida e a morte em um hospital de Porto Alegre. Já está na quarta cirurgia, com drenos, sondas, conectado a um aparelho de respiração artificial e com seu abdome fechado por uma tela. Isso está custando a Luíza todas as suas economias. Mas ela quis para Márcio o mesmo hospital e a mesma equipe médica que a resgataram para a vida oito anos antes.

Já vendeu o carro. Cogitou vender a lancheria ao primeiro que pagasse.

A mãe e os irmãos de Márcio já esvaziaram suas minguadas cadernetas de poupança. Agora resolveram procurar ajuda oficial, mas as portas dos gabinetes estão custando a se abrir.

Afinal, o Estado tem uma parcela de responsabilidade no ocorrido, pois não deveria zelar pela segurança do cidadão Márcio? Os bandidos que o atingiram provavelmente têm direito a assistência médica e judiciária gratuita. E Márcio?

Hoje faz 30 dias que ele padece numa UTI. Não pode falar, pois está com um tubo na traqueia. Mas pediu papel e caneta e escreveu para Luíza: "Tenho muita fome. E ainda te amo."

4 de fevereiro de 1987

A NATUREZA MORTA

Logo que terminou a Residência, o Dr. Silvano foi trabalhar no interior, não muito longe de Porto Alegre, em uma pequena cidade onde vivia uma população bem simples, de hábitos rotineiros, com um palavreado característico do interior, sendo muitos dos moradores trabalhadores em minas de carvão da região e gente com poucos recursos.

Volta e meia ele era presenteado com sacos de laranja, bergamota, aipim, que os moradores plantavam nos seus quintais e que era a maneira de agradecer ao doutor pela atenção recebida.

O doutor ajudava a resolver as carências dos pacientes recolhendo amostras grátis do seu consultório em Porto Alegre para distribuir aos que necessitavam.

Era um tempo em que, ao contrário de hoje em dia, em que existe ampla gama de medicamentos anti-hipertensivos, as opções eram escassas: usualmente só dispúnhamos de três ou quatro drogas anti-hipertensivas, entre elas o Aldomet, a Atensina ou clonidina e o Serpazol, que eram as amostras mais acessíveis. Os três, entretanto, tinham efeitos adversos semelhantes e desagradáveis: sonolência, boca seca e, nos homens, brochura.

Mas o doutor Silvano distribuía os medicamentos aos hipertensos que ele atendia, pois era a garantia de que seriam tratados (de graça, ninguém reclamava, claro).

Certo dia, chagando ao consultório, o Dr. Silvano foi alertado pela secretária:

– Doutor, tem um homem muito brabo aí fora, e quer ser atendido por primeiro.

Como tinha uma fila de uns trinta pacientes, a maioria senhoras idosas, ele respondeu:

– Diz a ele que entre na fila; tem muitas velhinhas na frente dele.

Ela respondeu, meio assustada:

– Mas, doutor, ele disse que ia fazer um escândalo se o senhor não atender ele logo.

Ante essa ameaça, o Dr. Silvano ponderou que seria melhor acalmar o sujeito e atendê-lo assim que possível, e instruiu a secretária:

– Passa ele na salinha do lado enquanto eu adianto alguns pacientes.

E assim fez. Atendeu umas três velhinhas e passou na salinha ao lado do consultório, muito incomodado, e já foi dizendo, com certa aspereza na voz:

– Espero que o senhor tenha um bom motivo para eu lhe passar na frente dessas velhinhas que estão aí esperando. Qual é o seu problema?

Ao que ele, já intimidado com a postura do médico, respondeu em tom baixinho:

– É aquele remédio que o senhor me deu...

– O que tem o remédio? – Perguntou o doutor Silvano, já antevendo o problema, mas fingindo desconhecer.

E o homem, quase às lágrimas, elevando o tom de voz, respondeu:

– Me deixou com a natureza morta, doutor! A mulhé veia tá reclamando!

O ESPÍRITO DA TIA LURDES

O Doutor Silvano morava em um prédio familiar, com três andares.

No andar térreo moravam três velhinhas, duas viúvas e uma solteirona. No andar do meio moravam duas tias do Silvano, a Lurdes e a Fátima, ambas viúvas. A Fátima tinha duas filhas. E no último andar morava ele com a sua esposa e filhos (três crianças). A Fátima era uma professora bem-sucedida e ainda trabalhava. A Lurdes tinha dois filhos que não moravam mais com ela. Ela lecionava piano no próprio apartamento. O edifício não tinha elevador, somente longas escadarias entre cada andar.

Ambas as tias eram espíritas e frequentavam o Allan Kardec, um Centro Espírita na região central de Porto Alegre. Eram muito dedicadas à religião que abraçaram e frequentavam o Centro Espírita várias vezes por semana.

O Dr. Silvano também frequentava a Igreja Episcopal, um ramo da Igreja Anglicana da Inglaterra, cujo templo ficava na Rua da Praia. As crianças frequentavam a escola dominical e os pais assistiam aos cultos de domingo na igreja. Desse modo a religião permeava por esta família e mantinha todos em harmonia, mesmo professando crenças diferentes.

Quando a tia Fátima ia para a escola – ali perto, diga-se de passagem – as crianças dela subiam para o andar de cima para brincar com os filhos do Silvano, até ela retornar para casa. E a tia Lurdes ficava em casa, no andar de baixo, com seus e suas alunos de piano.

A tia Lurdes tinha um hábito: era viciada em jogar cartas (canastra). Nos intervalos entre as aulas de piano e ao final da lide, ela abria o baralho e lá se ia a jogar com uma amiga imaginária. Distribuía as cartas (para mim, para ela e para o morto – que a canastra sempre tem aquele montinho separado, o *morto*).

Quando alguém bate por primeiro, então pega o morto, o que lhe traz uma grande vantagem no jogo. Então, a disputa pelo morto era acirrada entre a família quando estavam todos jogando.

Mas a tia Lurdes jogava sozinha, ou melhor, com a *outra*, esta amiga imaginária. E como a amiga não estava ali para fiscalizar, a tia Lurdes dava umas *roubadinhas*, descartando cartas boas da *outra*, mesmo que já houvesse um jogo pronto.

Todo mundo em casa, exceto a tia Fátima que estava na escola. Suas filhas no andar de cima com as crianças do Silvano, em alegres brincadeiras pelo apartamento. Até que a campainha tocou freneticamente, acompanhada dos gritos da tia Lurdes:

– Silvano, Silvano, abre a porta, socorro!

Um dos filhos do Silvano abriu a porta e deparou com a tia Lurdes com uma expressão aterrorizada no rosto, em pânico:

– Chama o teu pai que tem um espírito na minha casa!

O Dr. Silvano veio até a porta e procurou acalmar a tia, falando:

– Calma, tia, vamos lá ver o que houve. Crianças, fiquem aqui!

E, tomando a tia pelo braço iniciou a descida da escadaria para o andar de baixo. E as crianças? Apesar do medo, formaram um séquito atrás do pai e da tia, pois nunca tinham visto um espírito e queriam conhecê-lo.

Aberta a porta do apartamento, a tia choramingando, mencionando o medo que sentira e balbuciando mais algumas expressões ininteligíveis, entrou, acompanhada pelo sobrinho. Ele, vendo a pânico dela, usou de todo o bom-senso que conseguiu reunir (porque ele também teve dúvidas sobre a presença do espírito) e propôs:

– Pessoal, vamos rezar um Pai-Nosso para acalmar esse espírito. E puxou o Pai-Nosso acompanhado pela tia e pelas crianças.

Terminada a oração, tudo mais calmo, o pânico da tia Lurdes controlado, ele falou:

– Tia, agora nos conta o que aconteceu.

– Bem, ela falou, eu estava jogando cartas com a outra e com o morto. Aí, sabe – e olhou para o chão

envergonhada –, eu dei uma *roubadinha* e peguei o morto. Então ouvi uma voz que me sussurrou:
– Roubando, hein?!
– Era um espírito, meu Deus do céu, ele viu que eu estava roubando!

OUTRA DA TIA LURDES

A tia Lurdes (tia do Dr. Silvano) ia para o Centro Espírita Allan Kardec e volta e meia retornava de táxi com uma amiga. Vinham as duas conversando animadamente sobre os mais diversos assuntos. A tia Lurdes vendia perfumes da Avon para reforçar o orçamento, e um desses perfumes era o Hora Íntima.

Conversavam sobre as vantagens da Hora Íntima e como a aceitação era boa. – Tu sabes, eu vendo a Hora Íntima já há bastante tempo, e sempre com bons lucros – dizia ela para a amiga.

E por aí seguiam conversando sobre a Hora Íntima, até que chegaram no destino da amiga, pediram ao taxista que parasse ali, onde a amiga desembarcou. O táxi seguiu com a tia Lurdes.

Silêncio no táxi, até que o taxista perguntou, em tom "duvidosamente dúbio", segundo a tia Lurdes:

– Então, a senhora vende Hora Íntima? Estou interessado...

Ela, pega de surpresa, não se deu conta logo no início de que aquilo poderia ser uma cantada. Mas a seguir parece ter-lhe caído a ficha e ela, furiosa, ordenou:

– Para esse táxi, seu desavergonhado! Eu vou descer!

O taxista, surpreso, tentou argumentar:

– Mas senhora, eu queria uma Hora Íntima!

Foi pior do que se não tivesse falado. Ela desceu do carro e ameaçou chamar a polícia se ele não se retratasse.

O taxista de imediato se desculpou, dizendo que tinha sido um mal-entendido. Mas ela não quis saber e seguiu pelo resto do caminho a pé e indignada.

Ninguém até hoje ficou sabendo das reais intenções do motorista de táxi.

O BIXO DE PÉ

Quando eu era plantonista no CTI do Hospital Moinhos de Vento os colegas mais velhos, especialmente os cirurgiões, costumavam nos solicitar avaliações pré-operatórias e acompanhamento clínico para os seus pacientes.

Um colega urologista, professor da Faculdade de Medicina, operava muitos pacientes do interior, a maioria estancieiros da região da família dele (Quaraí, São Borja e adjacências). E ele me solicitava esses serviços.

E assim aconteceu. Um paciente de Quaraí, seu Juvenal, estancieiro, gaúcho típico, de bombacha e alpargatas, e eu fui avaliá-lo no aposento do hospital.

Cheguei no posto de enfermagem e perguntei em qual quarto estava o seu Juvenal, paciente do Doutor Souto. A enfermeira me respondeu:

— Aquele velho tarado? Está no 172.

— Por que tarado? – perguntei.

— Pergunte pra ele, doutor!

E lá me fui para o quarto 172 conhecer o seu Juvenal, o tarado. Bati de leve na porta (que a gente sempre batia antes de entrar, em sinal de educação), pedi licença e fui entrando. Dei boa-tarde e fui dizendo:

— Sou cardiologista e vim examiná-lo a pedido do seu médico, para ver se está tudo OK para a sua cirurgia.

– Pois não, doutor, estou às suas ordens!

Fiz os procedimentos de rotina, pressão arterial, ausculta cardíaca, ausculta pulmonar, avaliação de abdômen e membros inferiores. A entrevista e o exame clínico me deram a oportunidade de ter empatia com o paciente e dele comigo, o que facilitou conversarmos sobre assuntos mais íntimos dele. Era um senhor bem-humorado, com tiradas divertidas no seu linguajar gauchesco.

Dei por encerrada a avaliação, informei-o de que estava em boas condições para submeter-se ao procedimento proposto – que eu já havia visto o eletrocardiograma dele.

E agora, pensei, vamos para as amenidades. Seu Juvenal agradeceu, disse que estava mais confiante para a cirurgia e que esperava me ver no pós-operatório, o que confirmei.

Então aproveitei o momento e perguntei:

– Me diga, seu Juvenal, houve algum problema com a enfermagem do andar?

– Ah, doutor, essas moças aqui do hospital não têm senso de humor.

Então me contou a história que deixara as enfermeiras do posto indignadas.

Ele seria submetido a uma prostatectomia suprapúbica, o que exigia que os pelos pubianos fossem raspados. Então lá veio uma moça bonita com o aparelho de barba, uma cuba, o creme de barbear e o pincel na mão. Avisou ao seu Juvenal que ia fazer a tricotomia (uma raspagem) nos pelos pubianos (nos pentelhos, como ele me disse). Mandou-o baixar a bombacha e a cueca, então o membro ficou à mostra. Pegou o pênis dele com uma das mãos e com a outra passou o pincel ao redor com o creme de barba. Ainda com o pênis na mão, largou o pincel e pegou o barbeador. Começou a raspagem dos pelos, e desviava o pênis para um lado e para outro, para baixo e para cima, fazendo, com denodo, o seu trabalho. A sessão já durava alguns minutos, e o Juvenal estava se deliciando! Foi então que ele, sorrindo como um guri faceiro, disse para a moça:

– Minha filha, agora tu podes soltar o bixo, que ele já para em pé solito!

A guria levou um susto, largou tudo pela metade e fugiu para o posto de enfermagem, apavorada.

Então o Juvenal me disse, desconsolado:

– Doutor, mandaram para acabar o serviço um enfermeiro grandalhão de cara amarrada, que eu tive que aguentar...

A GALINHA PRETA

Na época em que eu atendia em Butiá e Arroio dos Ratos, não raro eu voltava para casa com sacos de batata, aipim, bergamota, laranja, que me eram presenteados pelos pacientes, como agradecimento pelo atendimento que eu havia dado a eles ou a algum familiar.

Mas uma tarde, véspera de Natal, eu cheguei em casa (morava em um apartamento em Petrópolis) e o porteiro do Prédio me disse:

– Doutor, entrou aqui um casal e subiram para a sua casa com uma galinha preta dentro de um saco. Disseram que era para o senhor.

– Galinha preta? – perguntei.

– É sim, doutor, e é bem grande.

Será despacho?, me perguntei. Peguei o elevador cheguei em casa, abri a porta e encontrei na minha frente o casal, no chão um saco de estopa com um bixo dentro, maior do que uma galinha, vivo, e não parava quieto. Minha esposa encolheu os ombros olhando para mim e abrindo as mãos na frente do corpo, como quem diz:

– E agora? O que eu faço?

Reconheci meus pacientes de Butiá, cumprimentei o casal, e eles falaram, no seu linguajar simples e às vezes errado:

– Doutor, nós criamos esse peru para o senhor e viemos trazer para o senhor e sua família comerem no Natal.

Eu, ainda perplexo, olhando com preocupação para aquele saco de estopa em movimento, me recompus e falei:

– Mas vocês vieram lá do Butiá com esse peru! Não precisava. Vocês necessitam disso muito mais do que eu. Levem para vocês (com certo receio de ofendê-los).

Mas eles estavam firmemente dispostos a me presentear com o peru.

– Não, Doutor. Nós criamos ele para o senhor!

Foram amavelmente irredutíveis.

Sem outra alternativa, acabei aceitando o presente vivo. Agradeci, fiz mil recomendações para que se cuidassem no trajeto de volta para Butiá, que fica a 80 km de Porto Alegre e já estava anoitecendo. Eles tinham vindo com o fusquinha deles. Finalmente se foram, felizes da vida por terem me entregue o presente.

Eu e minha esposa trocamos ideias sobre o que fazer com aquele bixo vivo dentro de casa. Primeira providência era mantê-lo dentro do saco, claro. Então me lembrei da empregada de uma tia minha, que era ótima cozinheira. Liguei para a tia Eulina, contei a ela resumidamente a história e pedi a empregada dela emprestada. Ela concordou e passou o telefone para a Elvira. Expliquei o problema. A Elvira era muito despachada e falou:

– Doutor, o senhor me paga um táxi pra eu levar esse peru para minha casa? – ela morava em Alvorada. Eu concordei. Ela prosseguiu:
– O senhor tem cachaça em casa? – eu tinha.
– Então dê cachaça para ele até ele desmaiar. Assim que eu terminar o serviço aqui vou até a sua casa buscar ele.
Como fazer isso? Ora, qual médico não tem uma seringa em casa? Eu tinha, claro. Então abrimos o saco e iniciamos a operação desmaio: minha esposa enchia a seringa de cachaça, eu apertava o pescoço do peru, ele abria o bico e lá ia uma seringada de cachaça – eu esvaziava a seringa. Repetimos o procedimento umas seis vezes, e nada de o peru se entregar. E o bixo era brabo; levei várias bicadas dele enquanto tentava enfiar-lhe a cachaça na goela. Então a minha esposa falou:
– Que tal a graspa do pai? – O pai dela, gringo de Bento Gonçalves, sempre nos presenteava com uma garrafa de graspa quando íamos visitá-lo. Como só usávamos umas gotinhas no café (e só no inverno), a garrafa estava praticamente cheia.
– Vamos lá! Traz a graspa! E a minha esposa trouxe a garrafa e começou a encher a seringa. Operação desmaio repetida, na terceira seringada na goela o peru entrou em coma.
Não demorou muito chegou a Elvira e, para nosso alívio, levou o saco com o peru dentro. Perguntei a

ela se assava o peru, ela falou que não tinha forno para aquele tamanho de peru, mas que nos trazia ele depenado e pronto para assar. E nos orientou que procurássemos uma padaria (tinha uma perto de casa), que eles assavam.

Tudo correu como o esperado.

A Elvira trouxe o peru no dia seguinte, falamos com o padeiro, que prontamente nos atendeu, o peru foi assado mediante pagamento de um valor bem razoável.

A minha esposa, como boa italiana, sabia como poucos ornamentar um prato, e o fez com todo o esmero. Foi um dos melhores perus que nossa família degustou.

A PISCADELA

O filho do Dr. Silvano tinha lá seus 9-10 anos e, como todo guri, estava aprendendo a piscar com um olho só, a famosa piscadela. Porque ele via os primos mais velhos dizerem que piscavam para as gurias quando estavam a fim delas.

Nos domingos todo mundo se reunia no andar de baixo, no apartamento das tias Lurdes e Fátima (e suas duas meninas) para o almoço que acontecia no retorno do culto na igreja (Silvano, esposa e filhos) e do centro espírita (as tias com as filhas da Fátima.

O guri sentado à mesa, na frente da tia Fátima. E durante todo o almoço, ele olhando para a frente, onde estava a tia, ficava treinando a piscada do olho, fazendo careta e torcendo a boca a cada tentativa.

No dia seguinte o Dr. Silvano chama o filho:

– Meu filho, tu estás dando em cima da tia Fátima? E deu uma gargalhada.

– Ué, pai... eu nem tenho idade para isso.

– Mas ela está ofendida e veio fazer queixa para mim, porque tu ficaste piscando o olho para ela durante todo o almoço de ontem.

Vai explicar como, que era só treino e que o olhar passava da tia e ia bater lá na parede?

O ASSALTO NA RUA BUENOS AIRES

Um domingo, convidei minha mãe, 90 anos, e uma irmã dela, 85 anos, para jantarem na minha casa. As duas adoraram o jantar, o convívio com as crianças e o piano (que minha mãe tocava).

Ao final do jantar informei-as de que eu iria levá-las em casa, na rua Buenos Aires, no Jardim Botânico. Elas queriam pegar um táxi, mas eu insisti. E lá fomos nós, eu com duas meninas somando 185 anos a bordo do meu carro.

Chegamos na frente do edifício, eu coloquei o carro em cima da calçada, deixei o motor ligado e as luzes acesas e abri as portas para elas descerem. A minha mãe queria continuar conversando e eu, apreensivo por causa da noite, insistia em que elas descessem logo do carro. E minha mãe:

– Meu filho, estamos muito felizes pelo jantar, por vocês, pelas crianças...

– Mãe, vamos entrar logo no portão do prédio.

E consegui colocá-las para dentro do portão e atrás das grades do prédio. Parece que eu estava adivinhando.

Nesse momento chegaram dois sujeitos armados, um de cada lado e anunciaram:

– Assalto! Passa o celular, a grana, os cartões, os documentos. E me apalpavam, mas como eu estava com um casaco grosso (era inverno) não perceberam celular nem carteira dentro do casaco, e eu falei com a maior calma possível:
– Vocês não precisam machucar ninguém. Tudo o que vocês querem está dentro do carro. O carro está com o motor ligado e com as luzes acesas. É só pegarem sem maior problema.

Com isso, e para meu alívio, eu consegui desviar a atenção deles para o carro. Os dois se afastaram e entraram no carro de imediato, indo embora. Perdi uns CDs e mais nada. Quer dizer, e o carro.

As duas velhinhas no portão sem entender nada. Aí a minha mãe perguntou com aquela vozinha trêmula dela:
– Meu filho, o que que esses rapazes queriam contigo?

Putz, pensei, elas nem perceberam. Mas tenho que dizer.
– Mãe, era um assalto, eles levaram o meu carro. Agora abre o portão que eu preciso dar uns telefonemas.

Aberto o portão, as duas estavam paralisadas de pânico; haviam se dado conta do perigo.

Consegui acalmá-las, dei meus telefonemas. O carro, nunca mais. Mas, nada como ter seguro. Recebi o dinheiro do seguro e comprei outro novinho. Foi a minha recompensa por estar vivo. Ufa!

O SURTO DE DIARREIA
NAS MINAS DE CARVÃO

Logo que o Dr. Silvano terminou sua residência, ele se instalou em uma pequena cidade próxima de Porto Alegre, onde a principal atividade eram as minas de carvão.

Os pacientes chegavam meio desconfiados com o novo doutor (e o doutor novinho) para a consulta. A cidade estava alvoroçada com a chegada dele. Tudo era novidade para ele e para os habitantes da cidade.

E para ele que vinha da cidade grande, muitos dos termos usados pelos pacientes eram inusitados.

Pois começaram a aparecer no consultório pacientes se queixando de *esterco frouxo*, *soltura*, *soltura do ventre*, *disenteria*, e por aí afora. O doutor Silvano ouvia pacientemente os relatos e perguntava se tinha sangue, se alternava com constipação, se tinha cólicas, febre, e há quanto tempo o quadro se iniciara. Invariavelmente os doentes confirmavam tudo o que era perguntado, e o mais chamativo é que os quadros já se estendiam entre uma semana e um mês. E todos os pacientes, sem exceção, ao final da consulta pediam:

– O senhor me dá um atestado?
– Sim, claro, respondia o doutor. E já ia lascando um atestado para o dia da consulta, quando o paciente o interrompia:
– Não, doutor! Faz uma semana que eu não vou trabalhar. O senhor tem que me dar o atestado desde o início da minha doença.

Muito a contragosto, o Dr. Silvano rabiscava um atestado de uma semana, dez dias, conforme a história do paciente. Mas isso o incomodava, por várias razões: ele era novo na cidade e já estava distribuindo atestados a torto e a direito, o que já estava se espalhando na comunidade, e o número de pacientes com *esterco frouxo* só fazia aumentar; em segundo lugar, o pessoal da mina tinha que tomar providências por causa do surto que se instalara, e ele não via sinal de que isso fosse feito. Então, resolveu falar com os dois colegas médicos mais antigos, especialmente um deles que era o médico da mina (que tinha sido colega de turma na faculdade, o João Vargas).

Combinaram um almoço, e o Silvano iniciou:
– Pô, João, vocês estão dando comida estragada para os mineiros. Tem que resolver isso.
– Ué, por que fazes essa afirmação? – Retrucou o Dr. João Vargas.
– Porque tem fila de mineiro com diarreia no meu consultório.

Os outros dois se entreolharam e deram uma boa gargalhada, o que o nosso doutor ficou sem entender.

– Meu amigo Silvano – disse o outro colega – Pedro Paulo – em tom afável e compreensivo: tu és o mais novinho aqui na cidade, tu és a bola da vez. Nós já passamos por isso.

– Como *a bola da vez*? – perguntou o Silvano.

– É que a mineirada aqui gosta de tirar umas folgas, e ficam inventando essa história de diarreia para ganhar atestado. E te descobriram, porque conosco eles não levam mais.

– O que vocês fizeram para acabar com isto? – Perguntou o Dr. Silvano.

Aí o Pedro Paulo, que era cirurgião, respondeu:

– Bom, quando eu vi que tinha sacanagem nessa história, resolvi examinar os caras. Enfiava uma luva cirúrgica na mão e mandava eles baixarem as calças. Um toque retal bem profundo revelava fezes normais. Então o cara se vestia, todo envergonhado – que aqui levar o dedo no rabo não é pra macho – e eu mandava embora. Eles perguntavam:

– E o atestado, doutor?

– Não tem atestado coisa nenhuma, tu não estás doente!

O sujeito saía do consultório tapando a cara com o cotovelo, pois tinha que atravessar a sala de espera cheia de gente, e nunca mais voltava. A história do dedo do doutor se espalhou pela cidade e ninguém mais apareceu para se queixar de *esterco frouxo*.

– Muito bem – disse o doutor Silvano – Vou ter que dar um jeito nesse pessoal.

Agradeceu aos amigos pelas lições recebidas e foi atender o consultório.

Atendeu umas velhinhas, até que chegou um homem jovem, com aspecto saudável e (como já era esperado) declarou:

– Doutor, estou com soltura.

– Como é isso? – Perguntou o Dr. Silvano.

– É coisa braba, já faz uma semana e de hora em hora eu tenho que ir no vaso, tamanha a frouxidão.

– Muito bem. O doutor Silvano mediu a pressão, auscultou o peito, constatando que a pressão e a frequência cardíaca estavam normais, avaliou se havia desidratação, o que evidentemente não ocorria, examinou o abdômen, anotou tudo cuidadosamente na ficha do paciente e falou:

– Tu vais ali na patente, senta lá e me chama quando evacuar, SEM PUXAR A DESCARGA, que eu quero ver a obra, entendeu?

– Mas, doutor, eu não vou conseguir. A gente não faz cocô quando o senhor quer.

– Ah, vai conseguir sim, pois me disseste que estás evacuando de hora em hora. Então é só ficar sentado lá e me chamar quando vier o esterco.

Passado algum tempo, o sujeito pede para falar com o doutor:

– Eu não consigo, doutor, acho que fiquei bom. O senhor me dá um atestado?

– Nem pensar. Tu não estás doente e não comprovaste que tens diarreia. E vais concordar comigo que se eu te der um atestado eu estou mentindo. E isso eu não vou fazer.

Alguns ficavam furiosos, diziam que o Dr. Silvano não tinha consideração com eles, que iam fazer queixa no INPS, e outras ameaças. Então o Dr. Silvano, com muita calma, retrucava:

– Bem, eu acredito sim, mas preciso de prova. Tu me dizes que estás com diarreia há um mês, então estás doente dos intestinos e vou precisar que faças um exame em São Jerônimo, que aqui não fazem. E solicitava um enema opaco – exame indicado para estudo do intestino grosso, e que consiste em se injetar contraste (bário) através de uma sonda que é inserida no reto pelo ânus. Naquele tempo não existia colonoscopia, que hoje em dia em grande parte substitui o enema opaco.

Um mês depois o sujeito retornava ao consultório:

– Puxa, doutor, mas que exame horrível que o senhor me pediu!

– Ué, parecias estar doente dos intestinos, é o que tem que ser feito. Deixa ver. E o Dr. Silvano olhava atentamente aquela quantidade de chapas radiológicas do exame (evidentemente normal), e informava ao paciente:

– O teu intestino é saudável. Tu não tens nada. Podes ir embora.

– O senhor vai me dar um atestado, doutor?

– Meu caro, eu não posso dar atestado para quem não está doente, isso seria mentira. Então, não tem atestado.

A fama do Dr. Silvano logo se espalhou pela cidade. Diziam: não vai lá querer enrolar ele, tu sai perdendo sempre!

E os atestados por *esterco frouxo* sumiram da cidade!

A CASCATA "NO RINS"

Logo que terminei a Residência no Instituto de Cardiologia, em Porto Alegre, o colega e amigo Jarcedy Machado Alves, então Coordenador do INPS para a Região de São Jerônimo e adjacências (Arroio dos Ratos, Butiá e Minas do Leão) me ofereceu uma credencial em Cardiologia. Como eu estava no início da minha vida profissional, aceitei. Ia duas a três vezes por semana no meu carro, em uma viagem de 60 km (Arroio dos Ratos) e mais 20 km (Butiá) para dar atendimento cardiológico aos habitantes daquela região.

Aprendi muito com os pacientes de lá. Pude exercer minha Cardiologia e treinar à exaustão diagnósticos e tratamentos, munido do meu esfigmomanômetro, estetoscópio e um eletrocardiógrafo portátil.

Eu atendia os pacientes no padrão Ambulatório da Residência Médica, dando muita atenção às queixas dos pacientes, à história clínica, ao exame físico e ao eletrocardiograma, visto que era só disso que eu dispunha.

Assim, logo minha fama de bom médico se espalhou pela região, e o consultório encheu. Hipertensão arterial era a doença mais prevalente, mas também diagnostiquei outras doenças, como cardiopatias congênitas, doenças valvulares, miocardiopatias e infarto agudo do miocárdio, que eu levava para o hospital de Arroio dos Ratos até poder transferi-los para o Instituto de Cardiologia ou para a Santa Casa, em Porto Alegre.

Situações inusitadas que eu conto na pessoa do Dr. Silvano muitas vezes aconteciam.

Mas uma das que mais me marcaram foi a história da *cascata no rins*.

Uma tarde bastante movimentada, chega ao consultório um casal, ambos com uma expressão meio tresloucada no rosto, e o marido inicia a conversa colocando sobre a minha escrivaninha um saco cheio de remédios, e falando com a maneira característica da sua pouca instrução:

– Doutor, nós não queremos mais remédio. Nós queremos que o senhor resolva o problema da minha mulher. Nós já fomos em tudo quanto é médico e ninguém resolve.

– De que se trata? – Perguntei.

– A minha mulher tem uma cascata "no rins". (assim ele dizia, no singular).

Ante a queixa inusitada do casal meio agitado, procurei no saco plástico que remédios eles já haviam tomado: Diempax, Valium, Antidepressivos, Calmantes em geral, etc. e pensei: bem, os colegas que me antecederam não conseguiram curar a cascata "no rins".

– Como é essa cascata? – Perguntei.

– É uma barulheira "no rins" dela, aqui do lado esquerdo, disse, apontando para a região lombar esquerda da mulher.

E eu, cada vez mais intrigado:
– Como é que o senhor sabe disso?
– Eu boto a orelha nas costas dela e ouço aquela barulheira!
– E quando começou isso?
– Faz três meses.
– E o que aconteceu há três meses? – Perguntei, já achando que a história poderia fazer sentido.
– Ela fez uma operação na coluna, doutor.

Epa! O casal tresloucado me trazia uma estranha queixa (cascata "no rins") que se iniciara há três meses, após uma cirurgia.

– Vou examinar a sua esposa.

Havia uma cicatriz cirúrgica na coluna lombar, confirmando o que ele me informara. Então coloquei o estetoscópio sobre a loja renal esquerda e... bingo! Ouvia-se escandaloso sopro contínuo, que sem dúvida era o ruído que o marido escutava. Examinando o abdômen, havia um frêmito palpável em todo o hemiabdomem esquerdo. E descendo com o estetoscópio, localizei a origem do sopro sobre a artéria ilíaca esquerda, onde um intenso frêmito era mais evidente. Literalmente palpava-se o sopro nessa área, decorrente de uma fístula arterio-venosa.

Encaminhei o casal para o saudoso Dr. Telmo Bonamigo, em Porto Alegre, que fez uma arteriografia e me mostrou uma fístula de 0,5 cm causada pela curetagem descuidada do disco intervertebral três meses antes. Ela (e o cirurgião) foram salvos porque a natureza se encarregou de fistulizar o corte na artéria e na veia.

Graças à experiência e ao talento do Professor Telmo, a fístula foi fechada e a paciente ficou sem sequelas.

E assim foi solucionado o misterioso caso da *cascata no rins*.

O GENERAL DE GRANDES BATALHAS

O Dr. Silvano teve um infarto e, quando já estava na Unidade de Internação precisou ser trazido às pressas para o CTI por conta de um edema agudo de pulmão, sendo salvo pelo trabalho competente e eficiente da equipe do CTI. Precisou ser entubado, mas no dia seguinte já estava extubado e com o quadro sob controle. Na chegada ao CTI a esposa causou algum alvoroço entre as enfermeiras e os médicos, mas o problema foi contornado e, ao final, o Dr. Silvano foi resgatado da terrível situação em que se encontrava.

Permaneceu alguns dias no CTI, até ser considerado em condições de alta e transferência para a unidade de internação.

Como todo paciente internado no CTI, precisava tomar o seu banho diário (banho de leito), o que era feito por uma das enfermeiras da área. O banho de leito consiste em vestir a mão com uma luva de toalha, aplicar sabonete e água morna em todo o corpo do paciente, remover o sabonete com a mesma toalha molhada e depois secá-lo, tudo no leito. Vira o paciente de um lado, vira do outro lado, deita-se de barriga para cima, e esfrega-se todo o corpo com a luva. Depois remove o líquido usado e seca.

Essa rotina se repetia todas as manhãs com todos os pacientes e, claro, com o Dr. Silvano. Ele se preocupava em saber os nomes das pessoas que o cuidavam. O nome da técnica que lhe dava banho era Letícia. Lá pelas tantas, a Letícia mandava-o abrir as pernas para lavar *as partes*, o que ela fazia com todo o cuidado necessário a esta parte: ensaboava a bolsa escrotal enquanto erguia o pênis, depois ensaboava o próprio.

Então o Dr. Silvano, preocupado com a saúde do seu membro, resolveu alertar a moça:

– Dona Letícia, a senhora está vendo aí um membro envelhecido, cabisbaixo e inerte, que é como ele anda hoje em dia. Mas trate dele com carinho, porque ele já foi um general de grandes batalhas.

A ESPINGARDA DE CAÇAR LEBRE

Quando eu era guri, lá pelos 10-12 anos, minha mãe nos levava (eu e meus irmãos) para passar as férias na fazenda de um tio, em Bagé. Era sempre uma aventura. Íamos de táxi do Menino Deus até a Estação Rodoviária, no centro da cidade, pelas 4 horas da manhã. Desde a saída de Porto Alegre, para uma viagem que durava de 10 a 12 horas, em um micro-ônibus (era difícil um ônibus grande passar por aquelas estradas naquele tempo) até chegar em Bagé e depois sermos apanhados pelo tio na Rodoviária da cidade e levados até a fazenda; já aí era uma aventura. O ônibus atravessava a balsa Porto Alegre-Guaíba, que ficava na Vila Assunção (ainda não existia a ponte do Guaíba), passava por dentro de Guaíba, ia a São Jerônimo, Butiá, Pantano Grande, Rio Pardo, Cachoeira do Sul, Caçapava, Lavras do Sul e, finalmente, Bagé. Se não me falha a memória, entre Caçapava e Lavras do Sul o ônibus tinha que vencer penosamente uma serra. Não sei se esqueci alguma cidade no trajeto, mas era uma viagem de dia inteiro. Piorava quando chovia muito e o ônibus atolava. Tínhamos que descer do veículo e os homens mais jovens e fortes iam empurrando atrás até desatolar. Isso significava grandes atrasos e eventualmente chegada à noite em Bagé.

Na chegada na fazenda, o encontro com os tios e primos era uma festa. Mas, como era fim do dia, nos era servido um jantar preparado pela tia Neiza e pela empregada. Dormíamos que nem anjos, devido ao cansaço.

E no dia seguinte começavam as aventuras: olhar a ordenha das vacas, correr pelo pátio, em volta de uma grande figueira, andar a cavalo, ver o banho do gado, ver a doma de um potro, e, além de tudo isso, ouvir as mentiras do seu Gedeão.

Seu Gedeão era o ferreiro, que fazia as ferraduras, ferrava os cavalos, e fabricava ou consertava outros instrumentos de ferro. Gaúcho de bota e espora, usava um avental de couro por cima da bombacha, chapéu de gaúcho meio amarrotado e barbicacho pendurado na parede, enquanto trabalhava na forja.

Contador de histórias e grande cozinheiro.

E eram as histórias dele que nos interessavam. Os primos nos puxavam:

– Vamos lá ouvir as histórias do Gedeão!

Chegávamos na ferraria e pedíamos:

– Seu Gedeão, conta uma história.

E lá se ia ele a instigar a nossa imaginação:

– Eu gosto muito de comer carne de lebre, mas é difícil caçar elas com espingarda de cano reto. Vocês sabem como é que a lebre anda? Ela anda saltitando.

E aí quando tu dás o tiro, a bala passa por baixo dela e não pega.

— Então como é que faz, seu Gedeão?

— Bom, eu inventei uma "espingarda de caçar lebre" – dizia ele em tom superior.

E daí que depois disso nunca mais me escapou uma lebre.

— Como é essa espingarda?

— É uma espingarda de cano ondulado. Tu dá o tiro e a bala sai corcoveando – e fazia o movimento de ondas com a mão – e pega o bicho no pulo.

— Mostra a espingarda, seu Gedão! E ficávamos olhando em todos os cantos da ferraria para ver se encontrávamos a famosa arma.

— Ah, garotada, eu já vendi ela para um estancieiro de Dom Pedrito.

A ESPINGARDA DO DELEGADO

O seu Gedeão era um gaúcho simples, bigode farto, cabeleira negra e vestimenta típica do gaúcho, com bombacha, botas, às vezes alpargatas, chapéu de barbicacho; usava um avental de couro durante a sua labuta na ferraria. Era um grande e simpático contador de histórias e um exímio cozinheiro.

Meu tio gostava de pescarias, e era uma festa. Juntava um jipe Land Rover, outro jipe Willys e a *pixirica*, uma caminhonete Ford Modelo A com uma carroceria na parte de trás do veículo.

Saíam os adultos (o tio, o Seu Gedeão e um primo oficial do Exército) como motoristas e a meninada empoleirada nos veículos. Eventualmente um peão da fazenda completava a equipe (o Rubismar). Na parte de trás da *pixirica* eventualmente era carregado um bote de alumínio e seu motorzinho.

Nas margens do rio Negro acampávamos: era montada uma barraca grande, tipo do Exército, os colchonetes, os fogareiros; e as panelas, pratos e talheres bem como o charque e outros gêneros alimentícios ficavam do lado de fora.

E aí entrava o seu Gedeão, o cozinheiro oficial do acampamento. Fazia carreteiros de charque, assava costelas de ovelha, linguiça e mais o que tivesse para comer, além dos peixes pescados; ali era o departamento dele.

Sempre havia duas espingardas: uma Flobert calibre 22 e uma *espalha chumbo* calibre 16. O meu tio era exímio atirador com a Flobert e eventualmente matava alguma ave selvagem que o Gedeão preparava para comermos.

Durante o almoço, ou nas folgas entre uma pescaria e outra, pedíamos ao seu Gedeão:

– Conta um causo aí, seu Gedeão.

– Pois o delegado de Bagé andava preocupado. Ele queria pegar o ladrão antes que o bandido o visse. Mas quando ele dobrava a esquina dava de cara com o meliante e era tiro para tudo quanto é lado. Ele já quase morreu num tiroteio desses.

– E o que aconteceu?

– Buenas, eu inventei uma espingarda que resolveu o problema dele. Até hoje nunca mais um ladrão o pegou de surpresa.

– Como é esta espingarda, perguntávamos, cheios de curiosidade.

– É uma espingarda "de pegar ladrão em esquina".

– Nos explica, seu Gedeão.

– Eu fiz o cano dela em *ele* – e mostrava com os dedos a letra L. Então, antes de o delegado dobrar a esquina, ele põe lá o cano dobrado.

– Mas como ele vai saber se tem ladrão do outro lado?

– Bah, gurizada, vocês não têm essas ideias mesmo. Sabe aquele fusca velho que tem lá na fazenda, todo desmanchado? Eu peguei o espelhinho retrovisor do fusca e soldei bem na dobra do cano. Então, o delegado põe o cano na esquina, e enxerga o ladrão pelo espelhinho e *bum*! Lá se foi mais um ladrão!

– Seu Gedeão, nos mostra a espingarda!

– Não dá, meus filhos. O delegado já levou ela.

MAIS REMÉDIOS

Volta e meia me surpreendo imaginando tipos de pessoas com os nomes mais variados de remédios. Já escrevi outra crônica sobre este assunto e volto ao tema porque acho muito divertido.

Por exemplo:

Sildenafil e Vardenafila casaram-se e tiveram duas filhas, Levitra e Tadalafila, e um filho, Cialis. Sildenafil tinha um irmão chamado Viagra, que não aparecia mais na família, porque tinha ficado bilionário por conta da venda da sua invenção, um produto milagroso para combater a impotência sexual.

Todos os homens dessa família tinham uma característica em comum: viviam com ereção peniana, o que às vezes lhes causava constrangimento em público, mas também os deixava com fama de não falharem com as mulheres.

Procimax, que dizem teria parentesco com os gauleses Asterix e Obelix, transava com Fluoxetina e tiveram um filho que chamaram de Citalopram. Lexapro também gostava de Fluoxetina, já tinham tido um caso, mas agora o coração dela pertencia a Procimax.

O filho Citalopram era um guri saudável e, da mesma forma que os pais e que Lexapro, não padecia nem de ansiedade nem de depressão.

Salicilico está de olho em Aspirina, uma menina simpática e muito querida pelos pacientes com doenças cardiovasculares, de quem ela cuida. E ele sabe que ela dipirona cada vez que vê o sonrisal dele. Eles já conversaram, e ao se despedirem ele mencionou que teve um grande Prazol em conhecê-la e que pretendia convidá-la para fazer uma viagra para a Europa.

EU CONSIGO PARAR

Parar de fumar é um desafio considerável. Não mais do que seis por cento dos fumantes conseguem sucesso por conta própria nessa empreitada. Se você é um deles, parabéns por fazer parte do seleto grupo. Se não, é possível que tenha feito várias tentativas e tido outras tantas recaídas. Mas não desanime, você pode contar com alternativas de tratamento. Primeiro, é necessário reconhecer que você sofre de dependência da nicotina, uma droga contida no cigarro e inalada junto com mais de 4.000 substâncias derivadas da queima do tabaco. Importante também saber que ao parar de fumar você será acometido pela síndrome da abstinência, que trará sintomas como irritabilidade, ansiedade, depressão. A abstinência pode ser superada com ajuda da terapia de reposição da nicotina, na forma de tabletes orais, goma de mascar ou adesivos transdérmicos. Já para tratar a dependência, a terapia nicotínica pode ser associada a terapia não nicotínica, medicamentos usados por via oral que substituem os efeitos da nicotina no nosso cérebro. A dependência tem vários graus de intensidade, sendo mais severa em quem fuma mais de vinte cigarros por dia e em quem precisa fumar cigarros logo ao acordar. A associação da terapia nicotínica com a não nicotínica demonstra bons resultados em termos de abstinência sustentada, com taxas de até trinta e cinco por cento de sucesso após um ano da cessação do fumo. Isso significa que os outros 65% de sucesso dependerão fundamentalmente de você. Pesquisas têm demonstrado que o aconselhamento durante o tratamento pode fazer a diferença, aumentando as taxas de abstinência. E mais, que esse aconselhamento, se realizado pelo médico, pode duplicar o resultado do tratamento. E quanto mais tempo dedicado a essa tarefa, maiores serão as chances de um bom resultado.

Portanto, se você está decidido a parar de fumar, o melhor a fazer é procurar o seu médico ou um serviço especializado, conversar longamente sobre o assunto e enfrentar o desafio. Tenha em mente que você pode parar.

Publicado no *Jornal Popular*, de Nova Prata, 30/6/2016

CORAÇÃO DESPOLUÍDO

O ato de fumar ou de inspirar passivamente a fumaça do cigarro inocula mais de 4.000 substâncias no nosso organismo.

O coração é uma das principais vítimas. Ele é atingido por uma cascata de acontecimentos, a começar pela nutrição contaminada com o monóxido de carbono (o mesmo gás da descarga dos automóveis), que ao ser inalado invade vorazmente o sangue, deslocando o oxigênio e tomando o seu lugar. As células receberão um suprimento deficiente desse notável elemento da natureza, que participa ativamente de todos os processos vitais. Não bastasse isto, o fumo dificulta a dilatação das artérias e, em sequência, a chegada de sangue aos tecidos. Estabelece-se assim uma perversa associação a opor-se ao extraordinário mecanismo de respiração, oxigenação do sangue, irrigação dos tecidos e entrega de uma rica mistura de oxigênio e nutrientes às células.

Fumar também favorece a formação de placas de gordura nas artérias pela ação da nicotina. Placas nas artérias do coração podem romper-se e formar coágulos, levando ao entupimento e causando o infarto do miocárdio. A nicotina também contribui para a formação desses coágulos. Finalmente, a nicotina vicia e causa dependência.

Fica assim escrito o epitáfio de um ataque cardíaco, desencadeado por uma sequência perniciosa de eventos ao longo da vida. O tabagismo responde por 25% das mortes por ataques cardíacos.

Diferente de outros importantes fatores de risco para infarto, como hipertensão e dislipidemia, o tabagismo é uma opção pessoal. Costuma iniciar a partir da segunda década de vida, ou ainda na infância. Estima-se que 1 em 4 estudantes secundários fuma e que 26% dos jovens fumantes iniciaram o consumo antes dos 11 anos de idade. Nesse contexto, negligencia-se o fato de que quanto mais cedo se começa a fumar maiores são as probabilidades de morrer pelo uso do tabaco. A despeito de todos os seus malefícios e de leis restritivas, o fumo ainda é tolerado – quando não estimulado – pela sociedade, sendo sua comercialização livre. Em Porto Alegre, 17% dos homens e 12% das mulheres acima de 15 anos fumam, o que arrasta significativa parcela da nossa população para a área de risco das doenças relacionadas ao tabaco.

O cuidado com o coração poluído pelo fumo precisa ser encarado como uma nova, talvez difícil, porém singela opção de vida, pois se trata apenas de revogar a escolha feita anteriormente. É uma decisão de foro íntimo, mas que pode contar com ajuda especializada, visando a pôr fim a um funesto estorvo que afeta o coração e a saúde. É necessário ser tão implacável com o fumo quanto ele tem sido com a saúde.

Fumantes em geral e pais fumantes devem ter consciência de que afetam a sua saúde, a de seus filhos e a de outras pessoas próximas. Não fumantes devem exercer o seu direito ao ambiente livre do fumo, como forma de proteção a sua saúde. No âmbito da sociedade, devem ser reforçadas e estimuladas ações para impedir o recrutamento de jovens e protegê-los do fumo passivo. E o estado deve avançar cada vez mais na defesa de uma vida saudável para os seus cidadãos.

Publicado em *Zero Hora*, 31/5/2008

CORAÇÃO E OBESIDADE

O último domingo de setembro está consagrado ao coração, sendo chamado de Dia Mundial do Coração. Nos dias 28 a 30 de setembro de 2023 reuniram-se em Porto Alegre os cardiologistas de todo o Brasil, no 78.º Congresso Brasileiro de Cardiologia.

Pelo menos metade dos gaúchos está acima do peso. Isso significa que temos gordura sobrando. E gordura em excesso é um dos caminhos para o desenvolvimento de condições que afetam o sistema cardiovascular, como hipertensão arterial, diabetes, dislipidemias, e que predispõem ao infarto do miocárdio, ao derrame e ao entupimento de artérias periféricas. Quando esse excesso se deposita no abdômen, chamamos de obesidade abdominal ou centrípeta. Você pode saber se tem obesidade abdominal simplesmente medindo a sua circunferência com uma fita métrica na altura do umbigo. Se esta for igual ou maior do que 102 cm para homens ou 88 cm para mulheres, o diagnóstico está confirmado dentro de casa. Essa condição usualmente se associa a outras alterações, e vão compor um quadro chamado de Síndrome Metabólica, sendo esta um sério agravante nas condições de risco cardiovascular. A presença de diabetes ou glicose elevada, pressão alta, taxa de triglicerídeos elevada, taxa de HDL colesterol baixo (o *bom* colesterol) são os demais componentes da síndrome, e se três deles estiverem associados, o diagnóstico é confirmado. Assim, a obesidade pode ser o início de uma sequência de anormalidades que vão compor um quadro ameaçador ao coração. É muito comum que os obesos também sejam sedentários. E o sedentarismo também contribui para acentuar o quadro descrito acima, pois sedentários são mais propensos a terem alterações na pressão arterial, aumento de triglicerídeos e redução do HDL colesterol, e diabetes pode se instalar mais cedo em quem não se exercita. Todos esses efeitos levando ao caminho da Síndrome Metabólica.

Os cardiologistas estiveram discutindo profundamente essas condições nos dias do Congresso de Porto Alegre. A nossa sociedade estadual mostra preocupações com o problema. Nós gaúchos estamos mais gordos, sedentários, e com uma taxa de tabagismo acima de 15% Todos esses fatores agregam mais risco de eventos cardiovasculares, que lideram as estatísticas de óbitos no mundo e no Estado.

Precisamos esforços para reverter esse quadro. E o esforço deve começar por cada cidadão, dando mais atenção a sua saúde, aos seus hábitos de vida e ao seu coração. Dieta saudável, não fumar, praticar exercícios físicos e procurar ajuda especializada para reduzir peso, controlar a pressão arterial e as taxas de colesterol, bem como outras condições de risco, como diabetes, são atitudes que ajudarão a manter um coração saudável.

E o coração agradece no seu dia.

Publicado em *Zero Hora*, 25/9/2010

EU SOU 12 X 8

Eu queria propor ao leitor que se debruçasse nos próximos minutos a ler e refletir sobre as informações deste artigo. É sobre hipertensão arterial, um problema que atinge cerca de 30 milhões de brasileiros, principal causa de morte ou invalidez por derrame cerebral e infarto do miocárdio. E sobre "Eu sou 12 x 8", uma campanha humanitária de caráter permanente da Sociedade Brasileira de Cardiologia. Visa a informar a população sobre a importância de conhecer sua pressão arterial e saber como mantê-la normal.

A hipertensão arterial é diagnosticada quando temos valores medidos iguais ou maiores do que 140 x 90 milímetros de mercúrio (ou 14 por 9, para facilitar). Pessoas que têm familiares hipertensos, que não praticam exercícios físicos, ingerem muito sal, exageram no consumo de álcool, têm excesso de peso ou que são diabéticas, têm maiores chances de se tornarem hipertensas. A hipertensão não causa sintomas, é silenciosa. Porém, ao longo da vida a doença vai comprometendo órgãos como o cérebro, olhos, coração, artérias e rins, levando a situações como derrame cerebral, demência, cegueira, infarto, insuficiência cardíaca, obstruções arteriais, insuficiência renal.

Não controlar a pressão arterial pode encurtar a vida em até 16,5 anos. A prevenção e o controle da hipertensão arterial passam por medidas simples, mas nem sempre adotadas: a prática rotineira de atividades físicas, combater o estresse, evitar o excesso de sal na dieta e o consumo excessivo de álcool, evitar o excesso de peso; e quando a pressão está aumentada, buscar acompanhamento médico, tomar corretamente os medicamentos e fazer controles periódicos. A medição 12 x 8 é o valor ideal máximo para a pressão. Valores abaixo serão sempre desejáveis e valores acima merecem atenção em termos de cuidados com a saúde. Se esses níveis atingirem 14 x 9 ou mais, um médico deverá ser procurado. O tratamento medicamentoso da hipertensão tem sido cada vez mais facilitado pelo desenvolvimento de substâncias ou associações de ação mais prolongada e duradoura, com um menor número de doses diárias que ajudam na adesão ao tratamento. Além de reduzirem os níveis de pressão, também protegem nossos órgãos contra os danos trazidos pela doença. O Sistema Único de Saúde disponibiliza o tratamento para quem não tem recursos. Portanto, detectar e tratar a hipertensão está ao alcance de você. Todos podem ajudar a prevenir a doença medindo a pressão e estimulando familiares e amigos a também fazê-lo. Gostaria de convidá-lo a participar do esforço para a prevenção da hipertensão, para o estímulo à adesão ao tratamento, evitando-se mais infartos, derrames, mortes e pessoas incapacitadas, promovendo-se uma nação com mais saúde e qualidade de vida.

Publicado em *Zero Hora*, 29/4/2010

JUNTE-SE AOS CORAÇÕES SAUDÁVEIS

Todo dia é dia de relembrarmos os cuidados com que devemos tratar o coração, este amigo incansável, que pulsa mais de cem mil vezes por dia dentro do nosso peito. Por isso, é importante sabermos protegê-lo, pois existem vilões que podem prejudicá-lo ou mesmo brecar o seu funcionamento.

O colesterol, por exemplo: é uma gordura importante para a formação de tecidos e fabricação da bile, hormônios e vitamina D, mas quando circula em excesso, acaba estacionando dentro das artérias, formando placas que podem romper-se e originar coágulos, obstruindo a circulação. O colesterol em excesso ocorre mais em pessoas que não praticam atividades físicas e que consomem muita gordura na alimentação.

A pressão arterial também pode transformar-se em problema se for elevada. Pressão alta provoca alterações estruturais no coração, diminuindo a sua eficiência e sua longevidade. O consumo exagerado de sal na dieta, a falta de exercícios físicos e a obesidade são fatores que contribuem para o aumento da pressão arterial.

Colesterol elevado ou pressão alta não são escolhas nossas. Eles se desenvolvem insidiosamente no nosso organismo graças a fatores ambientais e genéticos. A nossa escolha é prevenir o seu surgimento ou controlá-los quando detectados.

Já um outro vilão, o tabagismo, é trazido ao convívio diário por nossa própria escolha e costuma iniciar-se precocemente, na adolescência. Fumar vicia pela nicotina, troca oxigênio do sangue por monóxido de carbono, acelera desnecessariamente os batimentos cardíacos, prejudica a dilatação das artérias e torna as placas de gordura mais vulneráveis a ruptura, formação de coágulos e obstrução.

Ao juntar-se com o colesterol elevado e com a pressão alta, o fumo aumenta em até dezesseis vezes o risco de um ataque cardíaco. Um trio e tanto, visto que cada um multiplica os efeitos do outro.

O excesso de peso é um colaborador dessa turma: tende a aumentar a pressão arterial e o colesterol e predispõe ao diabetes. Diabetes, por sua vez, também aumenta o risco de infarto, e se for associado com a quadrilha aí de cima, vai colocar o coração na categoria de "muito alto risco", visto que exposto a todos os perigos já descritos.

O tabagismo pode ser extirpado por meio de uma simples escolha, assim como foi a de iniciá-lo: decidir parar. Tratamentos medicamentosos chegam a atingir taxas de abandono de 36%. Quanto mais cedo se para de fumar mais anos e mais qualidade de vida se ganha.

Para ajudar na proteção do nosso coração temos um grande aliado, o exercício físico. Ele está nas ruas, praças, parques, clubes, academias e mesmo dentro de casa. Disponível, bastando pular da poltrona. A atividade física reduz o peso, ajuda a controlar a tendência ao ganho de peso nas pessoas que param de fumar, reduz a pressão arterial, a dislipidemia e a incidência de diabetes e melhora o controle da glicose nos diabéticos. O exercício físico protege mesmo corações doentes, quando realizado sob orientação apropriada. Como benefício adicional, promove bem-estar e reduz o estresse.

Portanto, manter o coração saudável, prevenindo ou controlando fatores de risco (os *vilões* descritos acima), envolve escolhas pessoais, como evitar ou abandonar o fumo, praticar exercícios físicos, ter alimentação saudável, evitar excesso de peso, cuidar da pressão arterial, e controlar as taxas de colesterol e glicose, quando for o caso.

São escolhas bem-vindas para o Dia do Coração.

Publicado em *Zero Hora*, 29/9/2007

NÃO FUME PERTO DE NÓS

Desde 1987, a data de 31 de maio, Dia Mundial sem Tabaco, reforça a atenção do mundo sobre as doenças e mortes evitáveis relacionadas ao tabagismo. Mais do que nunca, avoluma-se a preocupação com o fumo involuntário ou fumo passivo, o qual atinge pessoas expostas a uma mistura da fumaça proveniente da queima do cigarro e daquela exalada pelos fumantes. As pessoas são expostas nos seus lares, no trabalho, em lugares públicos, como bares, restaurantes e locais de recreação. Essa prática é nociva à saúde, mas particularmente perigosa para crianças, aumentando o risco de sérios problemas respiratórios, tais como maior frequência e severidade de ataques de asma, pneumonias e infecções de ouvido.

A nicotina, o monóxido de carbono e os componentes carcinogênicos do cigarro são detectados em não fumantes expostos ao fumo involuntário. Pode-se entender então por que adultos expostos ao fumo passivo têm risco aumentado de câncer de pulmão e ataques cardíacos. Estudos científicos dosando-se a cotinina, um metabólito da nicotina, mostram que não fumantes que convivem com fumantes têm no seu organismo o mesmo nível dessa substância de quem fuma até 10 cigarros por dia. Por outro lado, em 2005 o Centro de Controle de Doenças dos Estados Unidos divulgou que o nível médio de cotinina havia diminuído 68% em crianças, 69% em adolescentes e 75% em adultos, quando comparado aos níveis obtidos na década anterior. Essas dramáticas reduções evidenciaram que as restrições ao fumo em áreas públicas e ambientes de trabalho contribuíram para assegurar uma vida mais saudável à população. Apesar disso, a exposição continua, especialmente entre crianças. Dados recentes indicam que os níveis médios de cotinina nas crianças são mais do dobro em relação aos adultos, e isso resulta do convívio com seus pais ou outros adultos fumantes. Além de nociva para crianças e adultos não fumantes, a exposição involuntária ao fumo aumenta significativamente o risco para pessoas com doenças respiratórias, doenças cardíacas e para os idosos. O fumo produz efeitos substanciais e imediatos sobre o sistema cardiovascular, o que significa que mesmo breves exposições podem implicar riscos agudos importantes para idosos e pessoas com alto risco para doenças cardiovasculares.

Um ambiente livre do fumo é o meio mais efetivo para reduzir a exposição e buscar a proteção ótima para não fumantes, através de políticas voltadas para os lares, as escolas, os locais de trabalho e as áreas públicas.

Publicado em *Zero Hora*, 30/5/2009

O CORAÇÃO IDEAL

O dia 31 de maio foi estabelecido pela Organização Mundial de Saúde como o Dia Mundial sem Tabaco. É importante refletirmos sobre o quanto nosso coração está saudável e sobre o que podemos fazer para mantê-lo ou torná-lo melhor. No *site* da Sociedade Brasileira de Cardiologia encontramos farto material sobre a saúde cardiovascular. São programas focados em ações sociais, campanhas temáticas (tabagismo, hipertensão, colesterol, obesidade, etc.), educação continuada e pesquisa, voltados para a prevenção e a promoção da saúde dos brasileiros. Outras sociedades também mostram-se atuantes. Em 2010, a Associação Americana do Coração divulgou documento com metas ambiciosas para melhorar a saúde cardiovascular dos americanos e reduzir a doença. Apoiadas em um novo conceito, o de *saúde cardiovascular ideal*, envolvem três vertentes: 1) os *hábitos de saúde* – entendidos como não fumar, ter peso ideal, praticar atividade física e dieta saudável; 2) *os fatores de saúde* – entendidos como não fumar (novamente), ter colesterol normal, ter pressão arterial normal e não ser diabético; e 3) ausência de doença cardiovascular como infarto, derrame, insuficiência cardíaca, etc. Não fumar, como vimos, aparece tanto como hábito saudável quanto como fator de saúde, dada a importância desse comportamento para a promoção da saúde.

Existem abundantes evidências sobre esse conceito, com respeito a longevidade, sobrevida livre de doenças, qualidade de vida e custos com a saúde. Estudos realizados em grandes populações de homens e mulheres mostraram que quanto mais hábitos e fatores de saúde as pessoas possuem, menor é o risco de infarto do miocárdio e que essa redução do risco é significativa mesmo nos indivíduos com apenas um desses comportamentos saudáveis. O uso de remédios para tratar hipertensão ou colesterol alto não diminuiu a importância das atitudes comportamentais. De maneira similar, homens e mulheres com esses bons hábitos foram mais protegidos contra o desenvolvimento de diabetes.

Ao chegarem em idades mais tardias, aqueles que adotam hábitos saudáveis e mantêm fatores de saúde ao longo da vida terão melhores chances de atingir ou ultrapassar os 85 anos com menores índices de incapacidade e com menores custos para a sua saúde.

Estudo publicado em 2002, realizado em uma população acompanhada por 14 anos, mostrou que a aptidão física prolonga a vida de indivíduos saudáveis, mas também de doentes cardíacos acompanhados pelo mesmo período. Trabalho excepcional publicado por pesquisadores gaúchos mostrou que o exercício físico pode baixar a glicose de diabéticos tipo II com a eficácia equivalente à de um remédio. Portanto, pessoas que sofrem de doenças cardiovasculares ou de diabetes se beneficiam da prática de atividades físicas. A observância dos hábitos saudáveis e a perseverança na busca dos fatores de saúde é fundamental, independente da condição de saúde ou de doença. A abstinência do fumo, como vimos, ocupa papel de destaque nesse contexto.

O CORAÇÃO,
ESTE AMIGO DO PEITO

O último domingo de setembro foi escolhido para homenagear um grande amigo, que bate dentro do nosso peito, e esta semana foi eleita como a Semana do Coração pela Sociedade Brasileira de Cardiologia. O coração é responsável por bombear sangue para todo o nosso corpo, enviando-o através de uma extensa rede de artérias, arteríolas e vasos capilares às regiões mais remotas, levando até as células a sua preciosa carga de oxigênio e nutrientes.

Ele trabalha duro e não reclama. Se estivermos trabalhando pesado ou nos exercitando, ele aumenta a velocidade do bombeamento, pois nosso esforço resulta em maior gasto energético. Se estivermos repousando, ele diminui essa velocidade, economizando energia. Mas trabalha 24 horas por dia, não importa se dormimos ou nos divertimos.

Ele é muito sensível e corajoso. Quando amamos ou nos emocionamentos, ele varia a frequência das suas batidas e pode até ter alguns sobressaltos, mas é assim que responde, e dessa forma reconhecemos que ele está participando intensamente das nossas emoções. Entretanto, quando estamos sob risco ou grande tensão, ele bate bem mais rápido, aumentando em muitas vezes o fornecimento de energia às nossas células, preparando-nos para enfrentarmos o perigo.

Mas, como todo amigo, o coração também precisa de afagos, e se ressente quando é maltratado.

Por exemplo, um modo curioso de afagá-lo é através da prática rotineira de exercícios físicos. Essa atitude resultará na redução das suas necessidades de oxigênio, isto é, ele consome menos energia para exercer as suas funções, o seu trabalho fica mais leve, mais *folgado*. O exercício físico também reduz o peso corporal e a pressão arterial, ajuda no controle das taxas de colesterol e diminui os processos inflamatórios dentro das artérias, e todos esses aspectos são benéficos ao coração.

Todos já sabemos que o colesterol em excesso (especialmente o LDL ou *mau* colesterol) deposita-se na parede das artérias, formando placas de gordura e causando obstruções ao fluxo do sangue. Algumas dessas placas respondem mal aos processos inflamatórios e podem romper-se, formando coágulos e entupindo abruptamente uma artéria do coração (coronária). Esses problemas poderão ser agravados se a pessoa tiver pressão alta. No primeiro caso teremos a angina e no segundo o infarto, e em ambos o coração vai reclamar de dor.

Alguns hábitos que adquirimos também maltratam o coração. O tabagismo, por exemplo, aumenta o colesterol LDL e intensifica aqueles processos inflamatórios e de formação de coágulos, juntando o *mau* com o ruim e com o pior dentro das artérias coronárias. Não bastasse isto, prejudica a fabricação de óxido nítrico, uma substância que dilata as coronárias e ajuda o músculo cardíaco a *respirar* uma mistura rica em oxigênio, bombeada por ele próprio. Os problemas se agravam, e novamente o nosso amigo do peito poderá gemer de dor.

Entretanto, nem tudo está perdido. Vamos nos afagos, que eles funcionam.

Hábitos de vida saudáveis, como dieta equilibrada e exercício físico, fazem bem ao coração. Quando pertinente, o controle das taxas de colesterol e os níveis de pressão arterial são necessários para prevenir ou retardar a formação e o rompimento de placas. Parar de fumar interrompe toda a cadeia de malefícios do tabagismo e permite que em cerca de três anos o coração retorne a um risco semelhante ao de quem nunca fumou.

O coração agradece por esses cuidados e bate forte dentro do peito.

Publicado em *Zero Hora*, 29/9/2006

O GOLPE DO CHORÃO

Fim de tarde no meu consultório, já cansado; ia mandar passar a última paciente, uma jovem, mas a minha secretária me avisa:

– Doutor, tem aí um senhor, marido da Maria Gorete, ela morreu.

Pensei aturdido: a Maria Gorete morreu?, que coisa! O meu HD rapidamente começou a processar a informação (quem é a Maria Gorete? Já atendi alguém com esse nome?). Ainda atinei perguntar quem era a Maria Gorete, ao que a secretária, tão aturdida quanto eu, respondeu:

– Acho que era uma paciente sua; ele é marido dela, falou que ela morreu.

– Bom – pensei – deve ser atestado de óbito. Vamos ver...

Meio atordoado e ainda perplexo, pedi à moça que esperasse mais um pouco, para eu poder atender ao infeliz marido da Maria Gorete. O desventurado passou para a minha sala, meio apressado, um pouco mais ligeiro do que se espera para um abalado recém-viúvo. O sujeito era mulato, franzino, baixinho e quase malvestido, e eu não conseguia lembrar de nenhuma Maria Gorete que fosse casada com alguém desse tipo. Usava uma jaqueta de náilon cinza-escuro, e eu não pude evitar o pensamento de que aquele estranho pudesse portar uma arma e que eu estivesse prestes a... bem, o homem estava ali, sofrendo muito.

– Sente aí, falei, apontando a cadeira. Conta da Maria Gorete (como ela era mesmo? Droga de memória!).

Ele se sentou e começou a falar com a voz embargada primeiro, e a seguir entrecortada por um choro copioso:

– A Maria Gorete, lembra? Sua paciente lá do outro consultório... buááááá... sofreu um acidente em Santo Ângelo, ela e a minha filha, esta madrugada... o carro bateu de frente, buáááá... morreram as duas... buáááá! Lágrimas e lágrimas rolavam pelo rosto do pobre homem e caíam sobre o tecido das suas calças.

Mas que diabo! Eu não conseguia lembrar da Gorete do outro consultório. Paciência! Afinal, estava ali na minha frente aos prantos o marido e pai, contando a terrível tragédia que se abatera sobre ele. Eu precisava agir rápido, pois ainda tinha uma última cliente para atender. Se o problema era atestado de óbito, eu teria que encaminhar o pobre coitado... mas por que atestado aqui em Porto Alegre? O que mesmo que ele veio fazer aqui? Ainda chocado, perguntei:

– Como posso lhe ajudar?

– Doutor, eu perdi o meu emprego na Petrobras (mais tragédia! Desgraça pouca é bobagem) e tenho R$ 7.800,00 para receber (choro e lágrimas), deixo aqui os meus documentos pro senhor como garantia até eu voltar de Santo Ângelo, *snif, snif* (choro).

– Sim? (Garantia de quê? – pensei).

– Eu tenho que ir lá buscar os corpos (choro e lágrimas abundantes). Estou sem dinheiro para comprar a passagem de ônibus (mais choro e mais lágrimas). Assim que receber o dinheiro da Petrobras eu venho lhe pagar.

(Dinheiro! Mas a mulher dele não tinha carro? Pensei)

– Quanto custa a passagem?

– Oitenta e quatro reais (choro convulsivo).

(Mas que ônibus caro! Vá lá. Eu ali presenciando um vale de lágrimas, coisa chocante, já meio desconfiado, mas também culpado por suspeitar do pobre homem e ainda por cima me preocupar com o preço da passagem!).

– Bom, tenho aqui alguma coisa pra lhe ajudar – puxei cinquenta reais do bolso e dei a ele.

– Doutor (mais choro), não dá... mas se o senhor não puder dar mais, paciência, eu compro passagem até a metade do caminho e depois... (mais choro) só Deus sabe... Só sei que preciso buscar a Maria Gorete e a guria – buááá! O senhor desculpa, mas me ajude mais um pouco, sexta-feira eu venho lhe pagar – buááá, buááá!

Sem pensar muito, peguei mais trinta reais no bolso e dei a ele.

— Aqui tem mais trinta, acho que já ajuda bastante...
— Mas tá faltando quatro, doutor – buáááá – bom, eu vou até onde der, depois sigo a pé (lágrimas e lágrimas).

Já nervoso e impaciente (a moça esperando atendimento), entre compadecido, desconfiado e com leve sentimento de culpa, abri a minha moedeira e comecei a catar moedas até completar os quatro reais restantes.

— Deus lhe abençoe, doutor. Sexta-feira estou de volta e venho sem falta lhe devolver o dinheiro.

Eu quase falei que não precisava, coisa e tal, mas só respondi:

— Tudo bem, espero que fique tudo resolvido.

Entre confuso e penalizado, fui levando o infeliz homem até a porta, mas já me assaltavam sérias dúvidas sobre a minha possível condição de otário. Quando se foi, não chorava mais. Que alívio, que situação! Súbito, me lembrei:

— Os documentos?! Os documentos?!

E a minha secretária, apalermada:

— Que documentos?

— Os documentos do cara, ele falou que ia deixar aqui! Vai, chama ele, pede um documento!

A secretária abriu a porta, mas nada do homem. Ele se fora!

— Quem é ele? Quem é a Maria Gorete?

— Não sei, doutor. Ele estava muito abatido, nem perguntei nada, só sei que tive muita pena do coitado.

Sexta-feira à tardinha, ligo para o consultório.
— E o homem, veio pagar?
— Ih, doutor, esse aí nunca mais!

O ônibus? Coisa fina, pensei. O cara escolheu ônibus leito com Internet a bordo, só pode! Mas vá que ele me apareça e devolva os oitenta e quatro reais! Pobre homem, quanta desgraça! Com que cara fico? Aceito? Não aceito?

Agora, pensando bem, melhor encarar o cenário mais pessimista: fui vítima de um golpe: o golpe do chorão. E tenho que reconhecer o talento do cara. O marido da Maria Gorete fez uma encenação de botar no bolso ator de novela da Globo.

O mico que paguei? Os 84 reais, mas valeram pela performance do artista. Ele ganhou dinheiro (des)honestamente com uma atuação quase impecável.

A mim, resta contar a história e alertar futuros incautos.

Publicado no *Jornal Popular*, de Nova Prata, 18/8/2011

A PROPÓSITO DO FILME

A SAGA DE SANTA CRUZ
DE LOS MOINHOS:

A NOITE DO PISTOLEIRO EL BARÓN
(Perigoso bandoleiro mexicano)

Compilado e revisado por
Enio Casagrande

*E*sta divertida história foi escrita a muitas mãos, durante as horas de folga dos plantões do CTI do Hospital Moinhos de Vento no final dos anos 70. Cada um que assumia o plantão, assim que sobrasse um tempo, continuava a narrativa do ponto em que seu antecessor havia parado. Às vezes, juntava-se o Plantão Geral com o Plantão do CTI e ambos continuavam a história. Então, é curioso como esse texto conseguiu seguir um roteiro razoável com tantos colaboradores escrevendo.

Os nomes dos personagens não surgiram ao acaso. Por decisão do próprio grupo, são caricaturas dos narradores. Assim, possivelmente poderemos identificar a maioria dos personagens com pessoas reais, membros do plantão do Hospital, o que tornava o texto ainda mais divertido.

Eu me dei ao trabalho de passar para o Word todos os capítulos, os quais eram escritos à mão. O mais engraçado, a história se escrevia do fim para o início do livro de plantão, pois no sentido inverso eram feitos os relatos de passagem de plantão.

Todos os colegas *escritores* foram consultados sobre esta publicação e concordaram com ela. Dois grandes amigos infelizmente já partiram: O Dr. Mauro Regis Moura e o Dr. Jarcedy Machado Alves, mas a sua memória está preservada aqui.

I

Estava tudo pronto. Silêncio de morte. Janelas e portas fechadas em plena tarde. Caras assustadas atrás das vidraças. Suores frios. Tremedeiras. Soluços e choros abafados.

EL BARÓN, famoso pistoleiro mexicano que se dizia descendente de nobres espanhóis (e, portanto, de sangue-azul), atravessara a fronteira e se dirigia para o vilarejo.

Isso não era tudo. É que Kid Mourão, pistoleiro não menos famoso, não admitiria um concorrente em sua área de domínio, esta pequena mas rica Santa Cruz de Los Moinhos, onde bebida, mulheres, jogo e contrabando corriam frouxos.

O gordo e fanfarrão Richard (Ritchie) Fossat e Bob Menegan que o digam (um entra com o cassino e o outro com as mulheres).

O circunspecto prefeito, Mr. Prandon, que o diga (ele seria um discreto fornecedor de bebidas aos sócios Fossat e Menegan).

O xerife e seu auxiliar estavam mais preocupados com seus concidadãos do que propriamente com o visitante e o provável duelo que haveria entre ele e Kid Mourão.

Aliás, havia cartazes espalhados pela cidade com as fotos dos facínoras e os inevitáveis "PROCURA-SE" e "RECOMPENSA", embora soubessem que o Kid vivia no Saloon, cercado pelas mulheres do Bob Menegón, nos intervalos entre seus intermináveis duelos.

De modo que estava tudo mais ou menos organizado: A mulherada em casa com as crianças e velhos, e alguns homens. O resto nos bares e *saloons*. E o xerife sentado na frente da cadeia, tomando um mate, estranho costume que trouxe de uma viagem ao Sul do Brasil, longínquo país da América do Sul.

Muitos perguntavam como o xerife se mantinha calmo em tais situações.

Simples – explicavam os mais antigos: Um dia quiseram bagunçar o negócio aqui. Ele disse que ia suspender essa porra de filme e mandou todo mundo embora. O Kid Mourão deu força ("o xerife falou, tá falado!") e tudo voltou à normalidade. E como o filme era de interesse dos habitantes da cidade, resolveram ficar quietos.

II

Em meio à agitação da cidade, na perspectiva da chegada de EL BARÓN o xerife BIG HOUSE resolveu procurar o prefeito, pois, velho conhecedor e matreiro dessas situações, deveria tomar as devidas precauções.

M. Jayme bateu à porta de Mr. Prandon, que, após um *Entre* gutural, o bravo auxiliar do xerife timidamente e risonho anunciou: "Já vai entrar o nosso xerife, Mr. Prandon".

Após entrar e sentar, Big House cruzou as botas sujas do barro vermelho das ruas e foi logo dizendo:

– Se não quisermos interferências nos nossos negócios, seria melhor afastar Kid Mourão por uns tempos; creio que ele topa.

O prefeito suspirou e retrucou

– O que mais preocupa são as próximas eleições. Se houver arruaça da grossa e o povão ficar assustado, aí sim estaremos fritos. Creio que aquela corista do Menegan (lá no *saloon*) conhece bem El Barón. Andaram dizendo que já foi *namoradinha* desse facínora... como é mesmo o nome dela?

– Acho que é de Miss Socaki que estás falando, esclareceu o xerife. – Ela já andou no México, e conhece também Chick Darito, um índio mexicano que anda junto com o Baron. Chick Darito andou implicado em tráfego de armas e *whisky* com os apaches, principalmente com o chefe Machado-Alvo.

E acrescentou:

– Os índios andam estranhamente calmos ultimamente. Não gosto disso, e não esqueça que juraram

vingança após os termos enganado com aquela história de *whisky* falsificado.
– Sr. xerife eu poderia falar uma coisa? perguntou M. Jayme. – ...era só para lembrá-lo da hora do seu banho!
– Cala boca, eu sempre sei da hora do meu banho!
– Era só por causa da Miss Socaki.... êpa, desculpe!
– Calou-se M. Jayme.
– Também andas com essa zinha, hein? – Arguiu o prefeito.
– Só cumprindo o meu dever, prefeito; afinal, também faço espionagem. – Disse reservadamente o xerife, e concluiu: – M. Jayme me lembre de deixá-lo sem folga esta noite.
– Claro, Sr. xerife!
– Bem, em todo caso, fala com o Kid Mourão e pede para ele ir caçar nas montanhas por uns tempos. – Concluiu o prefeito.

III

Não longe dali, numa estradinha poeirenta, estava, desanimado, George "Tony" Niazi, figura conhecidíssima naqueles sertões, vendedor de tônicos milagrosos. Possuía um pequeno *show* ambulante, mas vivia metido em complicações, havendo sido expulso de algumas cidades após criar verdadeiros pandemônios.

Acontece que não era de todo antipático ao xerife Big House, para se dirigir a Santa Cruz de Los Moinhos, mas uma situação inesperada o pegou desprevenido. Quando fazia pausa para almoçar em seu acampamento, ouviu um estalido de arma engatilhada perto da orelha direita, e, logo após, um sorriso safado:

– Mi caro amigo, se tienes gusto a la vida, fiques bien quietitito, eh! eh! eh!

Qual tamanho susto! George benzeu-se e começou a suplicar:

– S..sou um honesto homem de negócios, tenho aqui mesmo uma loção que poderá curá-lo de todos os males conhecidos, posso dá-lo para o Sr. com grande rebaixa de preço.

El Barón sorriu novamente, ao mesmo tempo em que Chick Darito inspecionava a carroça.

– Donde vás? – perguntou o bandido.

– Me voy, digo vou para a próxima cidade, tenho negocios por lá.

– Callá-te! Conoces un hombre cujo apelido es Kid Mourão?.

– Sim.

– Bueno, diga-le que El Barón, el pistolero más rápido del oeste, chegará e ofertará flores en la cueva que mandará cavar para el... e que ninguno moleste a Miss Socaki, si non habrá de ver-se com El Barón. Agora dexá-te-lo toda la plata e te vás.

Suando frio, George levantou acampamento e tratou de ir-se a trote largo.

IV

Dentro do *saloon* Ritchie Fossat, corpulento, acabara de limpar as mãos após *atirar* no olho da rua mais um bêbado que não pagou a bebida. Virou-se para o garçom ordenando:
– Rick Cleberty, sirva mais bebidas na mesa 4.
Rick olhou com um sorriso irônico para Jack Guará, o encarregado de distribuir as fichas do jogo, enquanto Bob Menegan, em meio as suas coristas, com sua flamante roupa branca, desenhada com flores na lapela, charuto e *colt* de madrepérola no bonito cinturão, espiava, desconfiado, para as cartas do oponente, que era nada mais, nada menos do que o famoso KID, o homem mais respeitado daquelas bandas, o terror dos bandidos, cuja notória rapidez em sacar a arma, valeu-lhe os apelidos *Gatilho Relâmpago*, pelos admiradores, e *Gatinho Resbaloso* pelas mulheres do *saloon*.
A um canto, coração palpitante, estava assustada, Miss Socaki, a loura mais afamada da casa, suspirando ante o terror do que estava para acontecer. Seus dois amores deveriam se enfrentar e ela não sabia se decidir entre os *relâmpagos* do Kid ou a *insinuosidade festiva* do

Baron. Suspirou novamente e pensou: Na minha vida sempre foi assim, afinal; seja o que Deus quiser.

Kid Mourão armou o seu felino olhar 33, tapeou o chapéu para a nuca, tomou um longo gole de cerveja, alcançada por Rick Kleberty, e, após cuspir no chão (gesto que usava para melindrar seus oponentes), gruniu para Bob Menegan:

– Não tentes me enganar, Menegan; tu podes ser bom nas *trincas*, mas eu sou melhor ainda no *trinta*; dizendo isso colocou seu enorme *colt* em cima da mesa, provocando um *oh!* nos assistentes.

Jack Guará distribuiu as cartas entre nervosa e apressadamente, pois conhecia de longa data o Kid, desde os tempos em que caçavam juntos. Kid trazia os animais e Guará os carneava e preparava, não sem antes usar diversos fios de amarrar as entranhas (ritual que havia aprendido nas missões de Princesa Isabel, com um velho, conhecido por Marnegón, caçador de peles, mestiço mexicano).

Bob Menegan estremeceu e resolveu distrair a ameaça

– Ouvi dizer que El Barón anda atrás de ti... serás tão bom quanto te mostras, na frente dele?

Kid deu uma estridente gargalhada e berrou para todos ouvirem:

– Esse amador metido à besta ficou brabo desde que uma vez lhe dei uns cascudos, quando atrapalhou meu sono, cantando e tocando violão com seu bando de *mariachis*. Quando chegar, vou fazê-lo escovar o meu cavalo só pelo desrespeito: quaquaraquaquá!

O xerife Big House se dirigia para o *saloon* a fim de encontrar Kid Mourão, quando foi interrompido pelo telegrafista da vila – Paul Lions –, que vinha correndo, com as mãos ainda sujas, esfregando-as no enorme avental que lhe ia até os pés (pois era também o dono do jornaleco da cidade). Após resfolegar um pouco, foi dizendo

– Xerife, estava recebendo uma mensagem avisando que o bandoleiro El Barón foi visto se dirigindo para esta cidade, quando a mensagem se interrompeu!... Creio que alguém cortou a linha telegráfica e fiquei com receio de que seja o próprio bandido.

– Não tenhas medo, a lei sempre vencerá. – Respondeu o xerife, e logo após, ao se despedir de Paul, caiu dentro de uma poça de barro vermelho, aquele mesmo barro vermelho que sempre cobriu e perseguiu as botas do velho xerife e que sempre deixa a sua marca irredutível nas suas roupas já gastas e amarrotadas. O xerife blasfemou, e as senhoras fecharam as suas janelas.

V

O xerife pensava consigo: "Só espero que algum animal não tenha defecado naquela poça embarrada", enquanto caminhava sacudindo o barro das calças e das botas. Mas a sua preocupação maior agora era encontrar logo o Kid Mourão. Ele não esperava que as coisas se precipitassem assim, tão rapidamente. Cheirou as mãos embarradas e sentiu que o material estava contaminado com os dejetos de cavalo, o que o deixou mais irritado e impaciente, pois não poderia entrar no *saloon* naquele lamentável estado.

O xerife passava defronte ao galpão, onde uma tabuleta de madeira gravada a ferro em brasa anunciava: "BORG – FERREIRO" pregada sobre a porta. Lá dentro, suarento, peito cabeludo, grossas sobrancelhas e cabelos pretos, marreta em punho, alicate prendendo uma ferradura em brasa, na outra mão, Borg gritou:

– Eh, xerife Big! O pau vai comer, hein?!

Era uma tarde de muito sol, muito quente, o que piorava ainda mais as coisas. Agitados e nervosos, todos se movimentavam em rápidos passos por sobre as poças de lama, barro e estrume, tropeçando com as esporas e alguns caindo sentados no barro. Havia uma certa inquietude diante da notícia da chegada de El Barón e seu acompanhante Chick Darito, ainda mais da forma como estes interromperam a telegrafia do Paul Lions. Até os animais começaram a relinchar e a jogar quilos de esterco nas calçadas, cheirando à confusão que assolaria os domínios de Mr. Prandon, prefeito pávido e aflito por suas tramoias com Kid e Ritchie e preocupado com as eleições.

Miss Socaki começou a socar tudo numa valise, deixando de fora somente a armação de ferro de sua saia e o sutiã com moldes em aço que havia recebido de compensação do ferreiro Borg. Claro que sua vivacidade a movia a isso pois, apesar do encontro de fogo entre seus amores, ela estaria pouco se lixando para a luta e se mandaria com o vencedor. O outro, *sifu*!

O xerife Big House estava pensando em botar roupa limpa para ir ao *saloon,* mas, diante do nervosismo da cidade, resolveu entrar cheirando a barro e estrume de cavalo. Adentrou no *saloon* com seu estranhíssimo jeito grosseiro de empurrar com força as portas, bater as botas no chão e limpá-las nas calças. Fez-se silêncio...

Lá ao longe se avistava alguma poeira que subia entre os cáctus e arbustos. O sol já estava próximo do horizonte. Gaviões cortavam o avermelhado do céu. Abutres iniciavam voos de reconhecimento sobre a cidade. Alguns cantavam agourentamente. O calor era intenso e fazia com que a paisagem dançasse aos olhos dos que ainda tinham coragem para olhar naquela direção. O rastro de poeira se aproximava cada vez mais e as pessoas começavam a mirar aquilo, algumas já sentindo os piores males. Até que a velhinha, pacata empregada do Mr. Prandon, encarregada da limpeza da prefeitura, teve um chilique e desmoronou no chão. Era a Mary Cota. Ritchie Fossat, acostumado com as

situações de pânico, resolveu sair e dar uma espiada na bagunça da rua. Aos cotovelaços e pancadas, enquanto ajeitava o bigode sujo de cigarro e poeira, afastou a multidão e ergueu a Mary Cota. Gritou:
– Chamem o doutor! Depressa para o *saloon*!

Jack Guará, que estava na porta do *saloon,* ajeitou seus óculos, coçou a barriga e se dirigiu lentamente para o outro lado da rua, onde estava o consultório do doutor. Foi aí que Ritchie esbravejou:
– Rápido! Paspalho lento! Arranca aquele curandeiro daquela sala antes que eu mesmo o faça.

Big House, o xerife, ainda na porta do *saloon*, puxou o *trinta* e verificou o estado do tambor e das balas. Com sua *singular convincência,* assoprou o cano e colocou-o novamente no coldre, não sem antes gritar:
– Façam tudo sem alvoroço, senão o doutor vai ter que atender mais gente!

Kid Mourão, recostado no balcão, largou uma cuspida próxima a Miss Socaki, que estava tremendo.
– Quieta aí, vagabunda. Não saia daqui, pois antes de tudo quero que você limpe as minhas botas! E já!

Jack Guará voltou com o Dr. Mr. Kelberty, que já era conhecido na cidade como fanfarrão, beberrão, milagreiro às vezes e muito complexado pela sua baixa estatura, abundante gordura e cegueira. Para completar, nunca tomava banho e estava sempre com o rosto e as mãos suadas, o que lhe valeu o apelido de *lombinho de porco*. Naquela ocasião, Mr. Kelberty veio arrastado pelo Jack, pois não se aguentava de pé, tamanho o trago.

O Doutor Francis Kelberty – era esse seu nome completo – acercou-se do local onde haviam colocado Miss Mary Cota, pedindo licença com certa serenidade exagerada, algo de arrogante, como quem deseja chamar atenção sobre si. Formava uma estranha figura, roliça, suarenta, com ares de importância, mas cambaleante, vítima da beberagem da noite anterior. Examinou a paciente enquanto alguém sugeria, num sussurro: – Ela se atacou do nervo da ideia da cabeça, só pode ser.

– Vamos, cheire isso, minha senhora – a voz do médico era cantada, paternal, aliciante (pegajoso – maldiziam alguns). A mulher agitou-se, olhos lacrimejantes, face congesta, e desandou em choro incontido.

Os circunstantes também encheram seus olhos de lágrimas, alguns tossiram e se afastaram rapidamente; isso tudo devido ao cheiro extremamente irritante do remédio.

O médico levantou-se: Ela está bem. Eh... – pigarreou.

– Quem paga a conta?

Eu pago! – esbravejou Ritchie Fossat. – Passa no caixa! – E, mais baixo, comentou:

– Figurinha difícil, essa.

VI

Já se ouvia o tropel dos cavalos do bando de El Barón, em meio à poeira intensa.

O xerife Big House fez um rápido balanço da situação, o banco fechado, a farmácia aberta, o *saloon* também aberto, o seu laborioso auxiliar de plantão na cadeia, o reverendo na igreja, o doutor em razoáveis condições de trabalho; Toni Niazi havia chegado há pouco, contara do assalto de que fora vítima, e também estava disponível com seus xaropes milagrosos (muitos recorriam a ele quando o doutor estava de porre).

Com o deitar do sol, contra o vermelhão do céu, um único rastro de poeira aproximava-se rapidamente de Santa Cruz de Los Moinhos. Feito babacoides, todos tremiam diante da possibilidade de ser El Baron.

Big House falou:
– Depressa, paspalhos! Peguem as armas! Mantenham-se calmos e com as mãos nos coldres!

Começavam então a perceber o vulto que se aproximava em violento galope. Em poucos segundos o violento galope deu lugar a uma lenta marcha equina, e o vulto aproximou-se... Tok. Tok. Tok. Passo a passo, o cavaleiro entrou em Santa Cruz.

Todos pousaram olhares de indagação. Big House não parava de fitar o cavaleiro não identificado. Ritchie Fossat, segurando um volumoso pau de amassar massas na mão e tendo embaixo do avental um martelo de bater carne, não conseguia esconder a sua vontade de quebrar pauleira, com nervosos movimentos do bigode (de um lado para o outro, e de outro para outro). Miss Socaki ficou tão espantada que seus mamilos ficaram eretos e quase furavam o sutiã. Mesmo assim, como era de seu hábito, remexia as ancas de um lado para outro e rodopiava a bolinha na mão esquerda, parada na porta do *saloon* e pensando... "quem sabe? uma graninha extra!" No amontoado de gente, bem no meio, como que se escondendo, o doutor se colocava com a mão no chapéu. Ouviu-se um forte estampido – PÓF! – repentinamente. Todos sacaram as armas simultaneamente. O cavaleiro parou. Big House abriu as pernas, engatilhou os seus *trinta*, limpou as botas nas calças e esbravejou:

– Quem atirou de brincadeira?

Foi então que todos levaram as mãos ao nariz, prenderam o fôlego e puderam ver o doutor indo apressadamente ao WC. Ouviu-se o suspiro de alívio generalizado e novamente o Tok – Tok – Tok... Jack Guará acendeu seu cigarrinho amigo, coçou a barriga e o saco e resolveu sentar-se na porta do *saloon*. Tranquilo mesmo.

Tok – Tok – Tok – e o cavaleiro parou, desceu do cavalo e saiu puxando as rédeas, enquanto batia a poeira do casaco. Era realmente estranho a todos. Posava volumoso bigode, algo exagerado, trajava *jeans* desbotados e um portentoso casaco de camurça escura.

Usava uma gravatinha meio torta e... no lado direito estava um 45. Chegou até o mourão (o cavalete de amarrar cavalos) e lá deixou o seu *malhado*. Entrou no *saloon*, acompanhado pelos passos cautelosos dos hesitantes locais, recostou-se apoiando o seu cotovelo sobre o balcão e olhou para Fossat. Este correu para dentro do balcão e pôs a mão atrás da orelha, como quem diz: "Qual é o pó?!"
O estranho bateu com salto da bota no chão e pediu – "uma tequila!".
Ritchie alcançou o copo e de uma ponta do balcão fez com que ele deslizasse e parasse precisamente na mão do estranho.
Rapidamente este atirou a tequila goela abaixo, lambeu os beiços e sussurrou:
– Tequila falsificada, não!
Ritchie replicou
– Aham! E se não gostou que se dane.
Aquela porrada se ouviu e todos viram o enorme 45 sobre o balcão.
Ninguém imaginava que o estranho era nada mais nada menos que Chick Darito. Estava disfarçado e, a mando de Baron, veio sondar o ambiente e certificar-se de que Kid Mourão estava por lá. Ninguém desconfiou, e Chick Darito começou a focinhar a cidade. Hospedou-se no 1.º andar do hotel, num quarto cuja janela dava para a rua e, principalmente, para a porta do *saloon*. Algumas horas após, começou o movimen-

to do *saloon* e Chick espiava pela janela. Resolveu ir até lá e sentou-se num canto meio indeciso. Com um olho acompanhava Kid e com o outro acompanhava Miss Socaki.

Foi então que Menegan aproximou-se e resolveu convidar o estranho para chegar-se a uma de suas muchachas.

– Tuto gente fina, senõr! Não necessitas cautela! Acerca-te de uma e te vás gustar.

Chick respondeu:

– Pois que venga la más ancuda.

A mesa do baralho estava animada. Jack Guará já entretinha o pessoal com seus malabarismos ao dar e recolher cartas e fichas. Tony Niazi animava o ambiente tocando melodias ao piano. Estava todo mundo tranquilo e a fim de muita *caña*. Afinal, o susto havia passado. Ritchie solicitava continuamente Rick Kleberty, que se mantinha impecável e espichado, para não deixar faltar bebidas. Menegan espalhou o mulherio pela sala, Kid Mourão comprou fichas na mesa de pôquer, o prefeito Prandon adentrou com o queixo para a frente, Big House aproximou-se do balcão e sempre um pouco recuado, mas cuidando do Big estava o M. Jayme.

Lá pelos arredores da cidade, El Baron e seu bando aguardavam a volta de Chick. Mas certamente muita coisa aconteceria antes da esperada volta. El Baron, em meio ao caos, atacará novamente! Aguardem.

VII

E aconteceu logo, na primeira investida do Darito sobre a loiríssima Socaki (lógico, para passar informações sobre o Barón).

O incrível *Kid*, que até então parecia imperturbável, virou a mesa do jogo em cima de Jack Guará, provocando gritos nas mulheres e, esticando a bota, calçou Chick Darito contra a parede:

– Take it easy boy! Devagar com as mãos!

Chick ficou frio, pois Kid começou a ranger os dentes e quando isso acontecia era quase impossível prever as consequências (mas desta vez era somente uma semente de limãozinho guardada no 3.º molar superior direito).

Big House percebeu num instante a gravidade da situação, engoliu em seco e pulou acompanhado de M. Jayme (que procurava sempre imitar o xerife), sacando sua arma, que por sinal estava embarrada e melecada. M. Jayme, sempre prestativo, tratou de limpar rapidamente a arma do xerife.

– Não tentem nada ou mato os dois. – Gritou Big House.

– Os dois, ouviram? – Rematou M. Jayme, limpando as mãos nas calças.

Kid olhou de revés com leve escárnio para a dupla dinâmica da lei e ameaçou:

– Se esse *gringo* tocar nela, podem encomendar o coveiro e um caixão grande.

O xerife não se intimidou e retrucou:

– Vocês dois parem aí mesmo! Darito!... pegue a trouxa e dê o fora.

– Não esqueça de pagar o Sr. Fossat! – Lembrou M. Jayme.

– Não chega o trabalho que tenho de ter com o vilão L. Bonanza, que sempre ronda esses lados, agora tenho que preocupar-me com brigas pessoais. – Disse Big House.

Chick Darito limpou a boca com a manga da camisa, cuspiu no chão, piscou para Miss Socaki e retirou-se ante os olhares de todos.

O xerife suspirou e ordenou:

– Agora voltem aos seus afazeres!

Novamente se ouviu o piano de George "Tony" Niazi, que nesse momento estava animando o *saloon*.

VIII

"Toni" Niazi, sentado na banqueta do piano, empinava uma elegante *fatiota*. Controlava os pedais com polidas botas, passeava com os dedos no teclado e distribuía abertas gargalhadas entre um e outro gole de sua inseparável garrafinha de Tônico Tony.

Com tal entusiasmo no teclado, executando um autêntico *blues* que aprendera nas suas andanças pelo Mississipi, o pessoal que estava ainda meio apreensivo começou então a rodopiar com as *girls* a gô-gô do Bob Menegan. A mesa de cartas reiniciou o seu frenético movimento de apostas e o fumaceiro dos charutos encheu o *saloon*.

Acontece que um pouco afastados do *fuzuê* estavam Kid e Big, numa conversa baixinha e usando uma mesa para descansar as pernas. Kid Mourão pigarreou um pouco, bateu as cinzas do seu charuto e falou:

– Êh, velho Big House! Tô sabendo que a coisa não anda cheirando bem por estas bandas e que teremos confusão logo mais. Também lhe garanto que será só um tiroteiozinho rápido e que logo El Baron vai pro brejo.

E Big retrucou:

– Kid, escuta aqui, vamos falar de alguma outra coisa antes dessa hora chegar. Por exemplo, como foram aquelas suas andanças recentes lá pelo meio daqueles bandoleiros e vaqueiros da Califórnia? Soube que você andou se encontrando com aquele *siciliano* chamado Sym Natra. Como é que foi a bronca toda? Como é que vai o ouro por lá? Alguma mutreta que a gente possa aproveitar aqui? – E bateu a cinza num gesto largo

Incrível, mas Big, a estrela da lei, e Kid, o chefe dos gatilhos relâmpagos, o mais famoso e atemorizador duelista da região, iniciavam uma amigável conversa entre goles de aguardente.

— Essa confusão poderá nos trazer problemas. Mr. Prandon está preocupado. Sugeriu, inclusive, que tu te afastes e vás pelear longe do povoado. — Disse Big House.

— Aquele patife não é páreo para mim, e jamais eu daria mostras de medo saindo assim como queres. — Retrucou Kid.

— Em todo caso, manterei meu pessoal alerta, caso precisares. Mr. Todd está providenciando voluntários.

— Quem?

— Mr. Todd, meu auxiliar, M. Jayme Todd é seu nome. Já falou com o Borg, o Fossat e Jack Guará, já que Rick Kelberty não quer nada com o basquete.

— Essa é boa! Quá, Quá, Quá, Quá — e a risada característica do Kid reboou por todo o prédio.

IX

Antes de sair, Chick Darito passou um bilhete para Miss Socaki. Nele dizia: "Atrapalhe o ajudante do xerife, e o próprio. Breve iremos veranear juntos em Las Vegas — ass. teu Baronzito saudoso.

Miss Socaki, ainda indecisa, sentindo-se prestigiada, começou a bolar um plano para distrair os homens da lei. Afinal, ela nunca podia dizer *não*.

Não parecia invulgar, mas a duas léguas da cidade, aquele era de fato um acampamento bizarro à paisagem faroestiana. De longe se ouvia o ar de fandango; entre violão, gritos e *cucuricucús* lançados ao ar por vozerios melodiosos, estavam El Barón e Chick Darito *em pleno trago,* confraternizando com os índios apaches do chefe Machado-Alvo.

Chick Darito puxava o coro:
– *Me duele el corazónzitoôô!*
Ai – ai – ai – ai – ai AAÍÍ...
Me duele...... êê!

O grande chefe Machado-Alvo, repentinamente, atirou sua lança empenada no chão, aos pés de Darito e, levantando-se, exclamou:

– Índio não quer mais serenata! Você trazer chefe Machado-Alvo aqui e prometer luta, e até agora só dar samba, apontando para Darito.

El Baron não se intimidou, e, cinicamente:

– Eh! Eh! Eh! Calmita, calmita, usted no quer plata e vendetta? Eh! Eh! Nosotros nos vamos a pegar-los cerquita, eh! eh!, mas para esto precisamos de tus capangas... digo, guerreiros, embaladitos no más.

– Guerreiros apaches querem pegar xerife Grande Casa que nos enganou. Queremos escalpos e assar os *cojones* dele na fogueira. Se tu enganar chefe Machado-Alvo, vou assar e comer também os teus *cojones* mexicanos *à la gallega.*

Desta vez Baron arrepiou e foi mais devagar:

– Mi caro amigo, los mejores *cojones* desta banda, son los del Kid, aquello de las canetas grossitas.
– Como gringo mexicano saber que canetas do Kid são grossitas? – Perguntou o chefe.

Agora Baron não gostou e foi levando a mão no *colt*, gesto este disfarçado por Chick Darito, que tratou de acalmar o ambiente. Virou-se sorridente para o chefe:

– Calma, chefe, você nos ajuda e nós deixamos o xerife para ti.

A seguir tramou o plano de ataque, cuidando para que no final não entregassem o ouro para os mocinhos.

Logo após fumarem os charutões do acordo, os índios voltaram à dança da morte, em círculo, sapateando a chula, sob o som da viola de Chick Darito. El Baron, rabugento, num canto, pensava: "Ainda me vingo desse caipira empenado".

O plano era mais ou menos o seguinte: Os índios do chefe Machado-Alvo entrariam festivamente na cidade e fariam um desfile comemorativo intitulado "caravana dos charutões da paz", com números de dança, sapateado, indumentárias, cavalos alegóricos e *show* pirotécnico com flechas de fogo, durante o qual o valoroso chefe Machado-Alvo discutiria com o prefeito Prandon nova remessa de *whisky*. Nesse momento algumas das flechas de fogo cairiam sobre a delegacia e a prefeitura, provocando incêndio e alvoroço.

O xerife e seu incansável auxiliar estariam distraídos, momentaneamente, por Miss Socaki em práticas libidinosas. Tudo isto deixaria Kid Mourão sozinho para a arremetida final de Baron e Darito, que surgiriam pelos fundos da casa do telegrafista Paul Lions, o qual seria amordaçado e escalpelado, para evitar que solicitasse auxílio às cidades vizinhas. Ou seja, uma algazarra maior do que a última visita do Papa a Santa Cruz de Los Moinhos.

X

Kid – Pô, esse negócio já está enchendo o saco. Quando é que foi esse duelo?

Borg (Peito cabeludo e suarento) – Mas que duelo? Esses caras só ficam enrolando, ameaçando, e nada! Acho que ninguém está a fim de cair no pau. (Dito isso, deu uma marretada na bigorna à sua frente.)

Paul Lions – Vão pra casa, gurizada. Nada de briga, que todo mundo ganha balinha do titio.

Kleberty – Acho que tem mais é que rachar o pau logo.

Fossat – Apoiado!

Big – Eu estou aqui para manter a ordem. Se a ordem for desrespeitada...

Mr. Prandon – Desde que não estraguem os nossos estoques de *whisky* falsif... trazido da Califórnia...

B. Menegan – E que não espantem as meninas...

Jack Guará – E que não estraguem as mesas de jogo do *saloon*...

Gr. Ch. Machado-Alvo (acordando) – Baron querer que eu juntar uma pá de índios e atacar Santa Cruz. Lá vai o meu sossego.

Baron – Como é, careca? Entregando o jogo, é?

Gr. Ch. Machado-Alvo – Careca é aquele que tu se sentar em cima e...

(Baron já ia disparar a pistola à queima-roupa, mas foi contido por Chick Darito)

Chick Darito – Se tu matar ele agora, a merdança está feita! A presença dele é vital para esta história continuar.

Tony Niazi – Quem sabe a gente fazia um baile, convidava Miss Socaki para Rainha do Baile, e tudo se resolvia?

X I

Bem, para encurtar a história, senão precisariam várias gerações de livros dos médicos, resolvemos resumir os próximos acontecimentos desta epopeia de Santa Cruz de Los Moinhos.

Após a discussão com El Barón, durante a qual quase foi fulminado pelo *45* do bandido, o Gr. Ch.

Machado-Alvo retirou-se irritado e colocou em prática seu diabólico plano, que vinha sendo acalentado há muito tempo (desde o início da história, para ser mais preciso).

Raptou Miss Socaki durante um interlúdio que esta mantinha com M. Jayme Todd e levou-a para sua tenda nas montanhas.

M. Jayme, ao se deparar com a figura assustadora do índio durante seu interlúdio com Miss Socaki, saiu correndo do jeito que estava, de ceroulas, exatamente no momento em que Kid Mourão e El Barón preparavam-se para o grande duelo – o momento de grande tensão –, que estava para ser registrado para a posteridade pela caixa de fotos de George Tony Niazi.

Com o aparecimento e os gritos de M. Jayme junto com o dos índios evidentemente, todo o esquema foi perturbado, com tiroteios de todos os lados, mas sem maiores vítimas, a não ser uma flechada que Doctor Kelberty levou na região glútea e que mais tarde arruinaria e seria a causa de sua morte (por uma doença séptica por bacilos guerreiros *infectan nadegorum*).

O pandemônio tomou conta de Santa Cruz de Los Moinhos, e nessa confusão ficou difícil saber o que exatamente aconteceu. Mas os registros posteriores permitiram descobrir alguns fatos insólitos:

1 – Com o rapto de Miss Socaki, esta foi levada para a aldeia indígena, e lá, apesar das anseios do gran-

de chefe Machado-Alvo, ela disseminou a discórdia e a gonorreia na raça indígena. Abriu mais tarde uma pensão para aliciar índias que ofereciam seus serviços a qualquer visitante. Foi a derrocada daquela aldeia.

O grande chefe Machado-Alvo, com extremo desgosto e sem compreender exatamente o que se passara, começou a beber e foi destituído do cargo. Hoje vive bêbado, cirrótico a chorar pelas madrugadas desses rincões afora! Foi por isso que os índios passaram a usar cornos de búfalo nos seus cocares.

2 – Kid Mourão, profundamente irritado por terem atrapalhado o seu duelo, se retirou para as montanhas e desenvolveu sífilis terciária, a qual afetou sua rapidez no gatilho e no *gatinho* bem como as suas faculdades mentais. Vive como ermitão, demente, a gritar e a assustar os visitantes das montanhas.

3 – El Barón – na retirada em meio à balbúrdia, desiludido com a perda e traição de Miss Socaki – tentou voltar para o México, mas no caminho foi mordido por um escorpião na *genitália* externa, morrendo de priapismo e pelo veneno mortal do traiçoeiro animalzinho (ou seja, morreu de dupla traição).

4 – Chick Darito, ao perder o companheiro, pendurou a pistola e abriu um restaurante macrobiótico na fronteira com o México, e hoje vive dessa renda e

de algum contrabandozinho. Na porta lê-se "Emagreça comendo".

5 – O xerife Big House ficou desacreditado e ultrapassado pelas suas condutas antiquadas, se aposentou e vive de pensão, a contar suas velhas histórias no *saloon*.

6 – M. Jayme Todd foi nomeado, por concurso, para delegado de polícia e instituiu normas administrativas e burocráticas para os serviços da lei, ou seja, a democracia chegando a esse lugar, com o que se perdeu muito do romantismo. Acredita-se que ele tenha sido o responsável pela demissão do xerife Big House, seu antigo instrutor. Por vingança acumulada.

7 – Borg, o ferreiro, se tornou industrial e um dos homens mais ricos da cidade, abrindo uma metalúrgica, e ainda o mais rico fornecedor das campanhas de reeleição do prefeito, Mr. Prandon, que por sinal continua prefeito e acionista das companhias de bebidas. Responsável pela democracia e industrialização da cidade, com o que conta com feroz concorrência do opositor Paul Lions. Este, agora, é dono de uma cadeia de jornais (todos de oposição), apesar da careca com que ficou após ser escalpelado na famosa invasão dos índios. Lions conta agora com o apoio de Ritchie Fossat, que se desentendeu com Mr. Prandon no controle das bebidas e passou para a oposição. Fossat abriu

uma série de *saloons* famosos na periferia da cidade e ganhou muito dinheiro e também muita barriga. Rick Kleberty casou com a irmã de Borg e é gerente comercial dele, tendo inclusive aberto uma seção de anzóis só sob a sua conta.

8 – Bob Menegan é, sem dúvida, a nossa estrela da cidade. Ainda jovial e matreiro, elegantíssimo, dono da sauna local e de clínica de massagens junto ao cassino. Continua a viver da noite e das suas mulheres, cada vez mais disputadas. Só que não tem o romantismo e o carisma do Kid, sinal dos tempos. Foi acusado de poligamia e agente da máfia.

9 – George Tony Niazi – Com o progresso da medicina, perdeu com seus tônicos milagrosos. Assim, resolveu mudar de negócio: primeiro abriu um conjunto musical, mas foi enganado, e roubaram até o seu piano, pois com a chegada de equipamentos modernos de som, quem iria ouvi-los? Posteriormente, abriu uma *porno-shop,* que se mantém até hoje apesar do progressivo desinteresse pelo negócio, mas ainda consegue algum sucesso com a filial na colônia indígena. Com o tempo resolveu seguir uma seita religiosa e hoje é pastor protestante.

10 – Jack Guará – O único que praticamente não mudou, a exceção de alguns centímetros a mais de

barriga. Continuou tomando conta das mesas de jogo, só que agora não mais do *saloon*, mas sim do elegante cassino de Santa Cruz de Los Moinhos. Tem o posto de Leão de Chácara. Em noites de luar, continua sentar com o velho Big House e juntos relembram os bons tempos e as façanhas de Kid.

EPÍLOGO

E aqui finda nossa história
De heróis e de bandidos
De alguns que chegsaram à glória
De outros mortos e feridos,
Que ficarão na memória.

Do índio e do seu amor
por uma *Miss* vagabunda
e da morte do doutor
que foi de flecha na bunda.

Dizem que envenenado pela picada mortal, El Barón perdeu os sentidos e caiu sobre umas pedras nas montanhas. E lá ficou. Hoje aquelas pedras contêm manchas azuis, o que confirmaria a origem nobre do bandoleiro (sangue-azul). Não acharam os ossos de Barón, mas no local há uma pedra com incrível semelhança a uma parte do corpo humano. Diz-se que foi a peça do corpo de El Barón que petrificou. Foi denominada Cabo Barón, marco de fronteira Mexicana, onde os passantes reverenciam a memória do nobre bandoleiro e seu amor atraiçoado.

FIM (The End)

Os mocinhos

Kid Mourão
Famoso pistoleiro, sagaz e valentão. Sua fama correu as fronteiras e os duelos, e as mulheres constituem a sua rotina. É o elemento principal da história.

Xerife Big House
Veterano da última guerra, experiente e matreiro. Gosta de manter a ordem, mesmo que esta seja justamente a desordem. Instrutor de M. Jayme, sua eterna preocupação.

M. Jayme Todd
Bravo auxiliar do xerife, ainda em fase de aprendizagem. Desdobra-se para agradar seu mestre, embora um pouco afoitamente.

Os outros

Mr. Prandon
Prefeito da cidade, eleito de formas um tanto escusas. Sendo a situação, preocupa-se constantemente com a sua oposição. É acusado de negócios corruptos.

Bob Menegan
Jogador e canastrão. Domina a noite da cidade. Só teme o Kid. Seria um espião da máfia, segundo alguns.

A heroína

Miss Socaki
A mulher mais desejada, por quem se batem nossos heróis. Única personagem feminina da história. Poderia ser diferente?

A turma do bar

Ritchie Fossat
Dono do bar, colérico, corpulento, vive a expulsar bêbados do bar. Não perde por nada uma briguinha.

Jack Guará
Antigo caçador de peles, que resolveu ser crupiê do *saloon*, devido a sua paixão pelo jogo e pelas mulheres.

George Tony Niazi
Vigarista e vendedor de tônicos milagrosos, mas é um bom sujeito e gosta de animar o *saloon* com o seu piano.

Os facínoras

El Barón
De origem nobre, resolveu criar fama como bandoleiro mexicano. Morre de paixão por Miss Socaki. A sua chegada à cidade criou atmosfera de terror. Foi na infância a ovelha negra da família. Gostaria de ser lembrado pelos descendentes e pelos historiadores.

Chick Darito
Mestiço índio, companheiro de El Barón, à procura de aventuras e prata. Habilidoso na viola, é considerado terror em músicas mexicanas. O seu grande sonho é ter um restaurante com música ao vivo.

Grande Chefe Machado-Alvo
Majestoso, bravo guerreiro. Foi trapaceado pelo prefeito e pelo xerife da cidade. Jurou vingança e aproveitou a vinda dos bandidos para fazer a sua *vendetta*.

Os bravos cidadãos

Borg
Ferreiro da cidade; tem ideias modernistas e industriais. Só se chateia com facilidade, ocasião em que brande com raiva seu martelo em brasa.

Rick Cleberty
Pacato garçom do *saloon*, detesta arruaça, mas ironicamente atiça as discussões. Gosta de pescar.

Paul Lions
Seu sonho é o jornalismo. Fundou o jornaleco da cidade e controla os meios de informação. Fundador do Lions Club da cidade.

Dr. Kelberty
Médico da cidade, o *facies,* diz tudo.

Leia também estas histórias dos mesmos editores:

Os três mosquiteiros, estrelando: Fossatos – Dariamis – Guaraportos. A história de três amigos que juraram lealdade ao Rei Louis Borba XIV e à rainha Sola, mas foram acossados pelos piratas espanhóis e a sua espiã Lady MacHild, a serviço do rei inglês M. Mauricio VIII.

O Grande e Poderoso Chefão: A briga de dois chefes de máfia e seus intrincados caminhos. De um lado a família chefiada por Al Capone (vivida pelo mesmo artista do Grande Chefe Machado-Alvo), que controlava os Ceratti, os Fossatti e Antoniazzi. Do outro, a família Maurociano (vivida pela exemplar figura do artista de Kid Mourão), que controlava os Menegotto, Dalavalle e Casagrande. E as influências desta briga sobre as eleições e os políticos americanos.

O Espião que Veio do Frio: História emocionante de espionagem, na luta pelo poder na República de Los Moinhos.

GRÁFICAODISSÉIA

Av. França, 954 - Navegantes - Cep 90230-220 - Porto Alegre - RS - Brasil
Fone: (51) 3303.5555 - vendas@graficaodisseia.com.br
www.graficaodisseia.com.br